Ich in Gelb

Druck: Theiss GmbH, St. Stefan im Lavanttal
ISBN 978-3-99027-067-7

OLGA FLOR

Ich in Gelb

Roman

JUNG
UND
JUNG

12.12.

Natürlich hat mein Museumswärter mich am Ende hineingelassen. Auch wenn ich ihm versprechen habe müssen, niemandem davon zu erzählen und mich so unsichtbar wie möglich zu machen. Bin ich, habe ich gesagt, ganz hinten auf der obersten Balustrade. Vor allem darf Josef nichts davon wissen. Das kann ich mir aber nicht entgehen lassen, Josefs Museumsevent, die Show dieses unglaublich genialen Designers im Naturhistorischen Museum, ganz egal, wie es zwischen uns steht. Komische Formulierung eigentlich: Was steht denn zwischen uns? Diese eine Sache. Nein, noch viel mehr.

Ich bin schließlich wer: die jüngste Bloggerin der Szene. Immer noch, auch wenn ich das jetzt schon seit über einem Jahr mache. Habe übrigens demnächst Geburtstag, Einladung folgt! Ich gehe dem Museumswärter nach, der ganz in seinem Element ist, höchstens manchmal ein wenig neben der Spur. Ich folge ihm durch die langen Gänge und die Hinterzimmer und die Treppen, die sich mühen, die Höhendifferenzen zu überbrücken (die Arbeitsräume sind viel niedriger als der Ausstellungsbereich). Da fühlt man sich immer gleich besonders, wenn man so von der Versorgungsseite in ein Haus hineinkommt. Auch wenn das für mich eigentlich nicht so besonders ist. Undercover, das ist neu.

Wir sind da, das geht dann immer sehr plötzlich: von einem kleinen, hingeduckten Gang aus öffnet sich die Tür zu dem schmalen Balkon, der rund um die Innenseite der Kuppel läuft, und da steht dann: Anthropologie Geologie Paläontologie Zoologie Botanik und noch irgendwas, das ich vergessen habe. Das ist der Hauptraum des Museums, sein Zentrum, das durch ein Loch in der Mitte mit der Eingangshalle verbunden ist, vom Scheitel bis zur Sohle 64 Meter, wie der Wärter meines Vertrauens sagt. Auch der obere Teil allein ist gut 40 m hoch. Das ist der Ort, an dem sich alles abspielen wird. In der Mitte hängt auch schon das Plexiglasding, wie eine Riesenlinse, kugelig, eine Kugellinse, ein perfekter runder Wassertropfen, in den Raum geblasen, von drei erstaunlich dünnen Stahlseilen gehalten. Ich habe unauffällig spioniert beim Aufbau, habe so getan, als wäre ich eine ganz normale Besucherin, Teil einer Schulklasse, eine von denen, denen heiß wird beim Anblick von alten Knochen und eingelegtem Gemüse (sag jetzt niemand, das wäre ich eh). Der offene Flaschenhals ist nach oben gestülpt wie der Rand einer Blumenvase.

Ein Schlund, hat Josef gesagt, durch den sie schlüpfen wird, die Glückliche, das Glückskind, zurück ins Fruchtwasser! Die Erfüllung des einen wahren Menschheitstraums, seien wir ehrlich, geht es denn je um etwas anderes?, hat er gesagt. Das kann nur funktionieren, wenn ihr Körper durchpasst, und bei Bianca weiß man das nie so genau. Ich glaube aber, die Öffnung ist groß genug, da kann das Würmchen sich noch so sehr anstrengen. Die Blase körperwarm, tauchsiedertemperiert, wenn erst einmal das Wasser drin sein wird. Aber erst, Test, Test, kommt der Probetaucher mit diesem Sauerstoffzelt über dem Kopf, Nautic Shield heißt das, ganz was Neues. Drückt bestimmt auf die Ohren, aber egal, dafür macht es so einen angesagten Fischkopf, vergrößert optisch die Augenpartie von der Nasenwurzel bis über die Schläfen.

Jetzt habe ich genug gestarrt, ich verziehe mich, bevor es auffällt. Ich bin mir sicher, dass das alles Sinn macht, Josef weiß, was er tut, da kann man nichts sagen. Sonst hätte ich mich ja nie für ihn interessiert. Übrigens, dabei wird auch Biancas Anemonengefühl ganz real umgesetzt, ein Gefühl, in das ich mich richtig einfühlen kann, so oft habe ich die Bilder gesehen.

Mein Netzwerkdetektor sucht schon wieder unbotmäßig Anschluss. Euer nextGirl.

9.12.

Hier geht es also um Folgendes:

1. Wer bin ich? Das immer schon übernächste neueste Mädchen natürlich.

2. Woher weiß ich das? Na, von hier, innen, von dort, wo man die Hand aufs Herz legt.

3. Warum will ich, dass die anderen das auch erfahren? Bedingung des Soziallebens, hab ich gehört.

4. Oder will ich das am Ende gar nicht, will ich womöglich nur, dass die anderen etwas in mir sehen, das ich vorher festlege? Na, das werde ich hier bestimmt nicht verraten.

5. Wie bringe ich die anderen dazu, das in mir zu sehen, von dem ich will, dass sie es in mir sehen? Das verrate ich schon viel eher. Ausgewogen und als Videofernkurs.

Eure einzigste Übernächste.

6.12.

Dachbodendurchforstung: Wo ich die Sachen aufbewahre, die ich nicht mehr trage. Das habe ich mit meiner Mutter ausverhandelt, sie ist schließlich stolz auf mich, genau wie mein Vater, doch, sowas spürt man.

Das Aussuchen und Kaufen und manchmal auch Ändern ist eines. Dann das Tragen, und irgendwann packe ich die Sachen in Klarsichtfolie. Unter dem Dach wohnen nicht nur Gespenster … Oder vielleicht sind das auch welche: die Geister meiner Lieblingsoutfits, nach Monaten geordnet. Eine ganze Lebensgeschichte des letzten Jahres, über die ich meine Fingerspitzen streichen lassen kann. Die Motten haben sich bis jetzt noch nicht eingenistet. Alles voll Lavendel.

Außerdem sehen die Säckchen hübsch aus. Ihr meint, ich werde alt? Meint das ruhig. Eigentlich mag ich sogar den Geruch. Allerdings zerbröseln die getrockneten Blüten irgendwann, und der Lavendelstaub steigt auf wie bei diesen Pilzen, wenn man draufdrückt, mir fällt der Name gerade nicht ein. Ein ganzes Jahr, na, nicht sentimental werden. nG

ExterneExpertin:
Bovist, wo bist?

nG:
Es war schließlich nicht nur der Winkel, der mich irritiert hat.

Bianca
sagt dazu:
Irritation ist überhaupt das richtige Wort. Dass es mich in die Schulter gestochen hat, war ja nur der Gipfel. Ein eleganter Schultergürtelgipfel mit einem unförmigen Eisberg, dem Eiskörper, darunter. Nein, das erst später.

Am Anfang die Milch, das war das erste Allergieproblem. Juckreiz, wenn ich einmal Eis gegessen habe, gut, ess ich eben keines, darf man sowieso nicht, wenn es nach den ernährungstechnischen Leistungsvereinbarungen mit der Agentur geht. Unangenehm waren die Gräser, grade im Frühling. Mach mal ein Shooting, wenn dir dauernd die Nase läuft. So geht das nicht, sagten sie und buchten ein anderes Mädchen.

Am Anfang habe ich noch geredet. Das verlernt man schnell. Ich habe lang gebraucht, um wieder so weit zu kommen, dass ich das kann. Obwohl ja alle andauernd von sich berichten, darüber, wo sie gerade sitzen und Milchkaffee trinken und ob die Erdbeeren schön sind; von dieser Art von Reden rede ich nicht. Erdbeeren!

Weisenrat:
Erdbeermilch!

30.11.

Zur Fotosache, 13.10.:

Es war nicht nur der Winkel falsch, ganz offensichtlich. Ein deckenhohes Bild eines deckenhohen Spiegelbildes (larger than life) von mir und einer unbekannten alten Frau war es, vor dem Josef besonders gern posierte.

Das Ganze passierte bei einer großen Werkschau seiner Fotoarbeiten. Er sieht sich selbst ja mehr so als Fotokünstler, immer nur Kleider machen ist doch langweilig. Die Eröffnung extra früh angesetzt, damit er nicht wegen Verletzung des Jugendschutzgesetzes Schlagzeilen macht, wie er sagte. Jugendschutz, selten so gelacht. Die Hand als Schattenriss am Bildrand ist ein gutes Feature, muss ich zugeben. Das gibt dem Foto so was Schwebendes, so als würde die Hand, die Josef da ins Bild gerutscht ist, das Bild selbst halten, diese vom Goldstuck gerahmten Rückenansichten vor dem Spiegel. Eine alte, eine junge Silhouette, schöner Kontrast in diesem Wahnsinnsstiegenhaus, das musste ihm gefallen. Eigentlich wirkte die Hand eher so, als würde sie den Riesenspiegel halten, vor dem wir standen. Ich bewunderte dieses Detail also und sagte auch etwas zu Josef, jaja, murmelte er auf die für ihn typische Art, die so klingt, als wäre es ihm peinlich, gelobt zu werden. Storchenkind, sagte er und verschränkte die Hände hinter dem Rücken, was nicht gut war, denn sie hinterließen Staubflecken auf seinem Gehrock, und sein Assistent begann schon wieder, an ihm herumzuputzen.

Da verstand ich plötzlich, was so schwebend und unbestimmt wirkte: Der Hautrand sah sandig aus, wie aufgepixelt, was man aber nur erkennen konnte, wenn man wirklich sehr nah ran ging. Es brannte wild im Magen, ich sah mich nach Josef um.

Sofort natürlich klar, dass ich ihn nichts von meiner Aufregung merken lassen wollte, in einem Sekundenbruchteil, wie man so sagt. Doch Josef war ohnehin mit anderem beschäftigt, er unterhielt sich gerade fröhlich mit einer Gruppe von Leuten – *leutselig* steht in alten Büchern, das ist ja auch so ein Wort: selig vor lauter Leuten? Er lobte das besondere Feeling in den Ausstellungsräumen, die Frau, der die Galerie gehörte, hing an seinen Lippen, eine von diesen Schwarzesachenrotermundknallrotehaare-artsy-Typen, die auf der ganzen Welt gleich aussehen. Er erzählte gerührt, wie die Frau ihn doch bekniet hätte, ein wenig Licht in ihre bescheidene Hütte zu tragen. Ich starrte währenddessen auf meinen Hintern, hinter dem noch ein kleines Stück der gespiegelten Vorderseite zu erkennen war. Ganz genau betrachtete ich mich, damit nicht auffiel, dass ich eigentlich die Hand untersuchen wollte, aber das war überflüssig, weil Josef mit der Galeristin ein wenig fürs Fernsehen posierte. Dabei dachte ich drüber nach, warum man sich den Körper so vorstellt, als wäre er kastenförmig, so mit Vorder- und Hinterseite und zwei Seitenteilen links und rechts, die klar voneinander zu unterscheiden sind. Die Kanten müssten jeweils über den höchsten Punkt der Hüfte verlaufen, ein Knochengerüst, das den Körperraum aufspannt.

Dann wanderte ich unauffällig weiter, endlich zur Hand, die vom Bildrand abgeschnitten wurde, untersuchte den Handrücken und war mir sicher, dass das kein Sand war, der die Umrisslinie so unscharf machte wie eine Küstenlinie, die, je genauer man sie betrachtet, umso mehr Vorsprünge und Buchten zeigt: Ich sah gepuderte Haut. Josefs Haut. Eine fraktale Küstenstruktur.

Was das hieß, war klar: Wenn das Josefs linke Hand war, die da ins Bild hineingriff, dann konnte er unmöglich selbst fotografiert haben. Konsequenz: Das konnte nicht das Bild sein, das er gemacht hatte, als wir im Stiegenhaus standen, das war das Bild von jemand anderem. Eddies Bild. Eddie, der an diesem Tag mal wieder wie ein Hilfssheriff hinter Josef herscharwenzelt war. Naja, wer tut das nicht.

So Vater-Sohn-Gespanne bildet Josef gerne. Als ob Eddie das noch nötig hätte. Dann findet er irgendwas, das ihm nicht passt und fragt: Bin ich die Heilsarmee? Und gibt den Sohn zum Abschuss frei, jetzt kann ich das ja sagen. Es herrscht schließlich nie Mangel an Neuem, Rohmaterial, Frischfleisch, aus dem sich was machen lässt und das ihn, Josef, den Erfinder, strahlen lässt. So läuft der Hase. Weiß ich doch. Nur bei mir ist er sich noch nicht so sicher, in welche Richtung das Tierchen hoppeln wird.

Nein, Eddie hat sowas nicht nötig, der hat Bianca, oder umgekehrt. Weiß nicht, wie ich das sagen soll. Jedenfalls: ein Erfolgsgespann.

Als ich das mit dem Bild begriffen hatte, wollte ich davonlaufen. Ich richtete mich auf, sah mich vorsichtig um und suchte Papa, oder Eddie, ich weiß nicht mehr. Im Männerklo fand ich Bianca, sie schreckte vom Waschtisch hoch und drückte den Handrücken gegen den Mund, der zweite Arm wippte in Richtung einer Kabinentür. Ich sah ein, dass das kein guter Ort war, um über meine Entdeckung zu sprechen, dabei wollte ich das unbedingt, manchmal muss man einfach reden. Biancas Haare von ungewöhnlichem Blau, fast wie die Armbeuge. Irgendwas an diesem Setting kommt mir bekannt vor, aber vielleicht beginne ich, Gespenster zu sehen. Alles so Gothic. Das Blau harmoniert aber durchaus mit den Glassteinen der Wand. Dieser Blick für die Farbe ist tödlich. Kann man das Datum ablesen am Farbwert, sage ich. Zumindest auf den Monat genau. Berufskrankheit einer Modebloggerin, nein, so nenne ich mich nicht. Das tun die anderen. nG

Bianca:
Wenn die Mann/Frau-Symbole so stylish sind …

nG:
Nur wo Design draufsteht, ist auch Design drin, meine Rede.

24.11.

Nichts zu tun, bitte sehr. Was mache ich hier? Mich umschauen und überprüfen, was die anderen so treiben. Was sind die letzten hundertvierzig Zeichen, die letzte Duftmarke, auf die ich meine setzen kann? Da haben wir die Redefreiheit, und was haben wir davon? Auch wenn gelegentlich Aufläufe und Aufstände herbeigezwitschert werden, wir teilen lieber unseren aktuellen Beschäftigungszustand mit.

Einkaufen. Wenn nichts mehr geht, einkaufen geht immer. Das neue Schwarz ist Gelb, allerdings eine echt schwierige Farbe. Da kommt die Galle hoch, blass vor Neid. Gelb schmeckt bitter. Ich bin sein Seismograph, hat Josef immer gesagt. Ich sollte nicht von ihm reden, das habe ich eigentlich versprochen.

So sage ich ihm halt meine Meinung, vielmehr: habe ich gesagt. Vergangenheit, immer Vergangenheit! Ich denke, das hat ihm an mir gefallen. Direkt, sagt er, direkt ins Gesicht, das ist das Schöne. Ich verstehe nicht ganz, was er meint, während ich zwischen den Garderobenstangen herumstreiche und mit den Fingern die Stoffe berühre, wobei ich jedes Mal auf den Kitzel eines kleinen elektrischen Schlages warte: Wie sonst soll man seine Meinung denn sagen? Er sagt: Das wirst du schon noch lernen, Storchenkind. Aha, sage ich. Aber solange ich noch meine Storchenbeine habe, Zahnstocherbeine, so nenne ich sie, er lacht, kann ich sagen, was ich will. Die Beine schießen in die Länge, ohne dass sich sonst an meinem Körper irgendwas in Richtung Fertigsein bewegen würde. Wie er drauf kommt? Das mit den Störchen vor jedem Haus, wo sie ein Kind bekommen haben, nimmt überhand. Vielleicht deshalb. nG

Bianca
sagt dazu: Was ist in einem Namen?

ExterneExpertin:
Zum Beispiel Folgendes: Die gewöhnlich launischen Herren Moody und Poor Standard sind in der Beurteilung mal wieder uneins; das macht aber nichts, es ist schließlich ihre ureigenste Existenzberechtigung, die Objekte ihrer Beurteilungen (die Angeklagten) ein wenig im Unklaren zu lassen, bevor die am Ende selbst zugeben, dass sie an Wert verloren haben. Ist eh schon alles eingepreist. Da kommen die Ladies (Meryl) Chase und (Morgane) Lynch gerade rechtzeitig angeschossen, um die Sahne abzuschöpfen. Die beiden haben nämlich einen Riecher für den Wind, aus dem es angstschweißscharf nach Beute riecht.

Was ist in einem Namen? Alles: und das ist normativ.

22.11.

Heute ein Exkurs über Puder. Das mit dem Händepudern ist so eine Sache. Im Familienerbe finde ich ein Benimmbuch für höhere Töchter (Gebrauchsanweisung für die gepflegte junge Dame) mit der Empfehlung, bei Begrüßungen dem Gegenüber keine Schweißhand zuzumuten. Folgende Gegenstrategien werden zur Auswahl gestellt:

(a) Händewaschen (Akutmaßnahme)
(b) Talkpuder (vorbeugend)
(c) Handschuhe (sicher und dauerhaft, verstärken aber den Trend zu feuchten Händen, mittelfristig nicht empfehlenswert)

Diese Ratschläge muss Josef kennen, alt genug ist er. Seine Generation, was immer er auch behauptet, rechnen kann ich noch. Talkpuder und Schweißblätter unter den Achseln. Oder war es die Schneiderkreide, die ihn darauf gebracht hat, Puder aus Gummibeuteln, mit denen man die Saumhöhen markiert?

Traut sich ja keiner, ihn zu fragen, wo er die Wahnsinnsidee her hat. Trockene Hände sind die Höflichkeit des Kaisers. (Als ob man dem Herrn Kaiser mal eben so die Hand geben dürfte.) Nur den weißen Staub unauffällig von den Stoffteilen fegen, die er berührt hat. Nicht mal das Gesicht verziehen. So ist das. nextGirl.

Bianca:
Backstage schon wieder eine Kollegin, die sich gerade über die Genialität des Designers, der sie gebucht hat, vor einem Mikrophon

auslässt. Andererseits: manche sind es ja. Je öfter sie dich buchen, desto genialer, sage ich immer. Doch dieses zwanglose Backstagegetue für die zwanglos darauf wartenden Fotografen, ganz intim vor der Show: wer soll das denn glauben?

Egal, genial: Es hat gedauert, bis ich Josef zum ersten Mal zu Gesicht bekam. Oder er mich. Backstage war ich dann allerdings schnell. Ich erinnere mich noch an die Unzahl von Türen. Josefs Stadtpalais war voller elendslanger Gänge, voller Durchgänge, Eingänge, und die Frau, die mich in Empfang nahm, hatte eingerissene Hautränder rund um die Nägel. Ich ging ihr nach und bemerkte, dass sie mir kaum bis zur Brust reichte, ich folgte ihr ganz ohne jede Regung, die ich doch von mir erwartet hätte. Auf Knien zu ihm pilgern, haben sie gesagt.

In einem der Räume, die wir passierten, bekleideten zwei Männer einen dunkelhäutigen Jungen, der mir einen abschätzigen Blick zuwarf, dann ein kurzes Lächeln. Nur nicht verscherzen, hieß das, wer weiß, wo ich die in meiner persönlichen Hierarchieübersicht einordnen muss. Ich sah ein wenig durch ihn hindurch, das muss man beherrschen, diesen aufs Unendliche fokussierten Blick. Seine Augenbrauen leuchteten in der Farbe hochsommerlichen Strohs. Schließlich, nach einer angemessenen Zeit des Herumstehens und Rauchens und Wartens, in der der eine der beiden Männer dem anderen etwas von einer Probefahrt erzählte, wurden die nervöse kleine Frau und ich endlich zur Kenntnis genommen, ich ließ mich also ansehen.

Geprüft und für zu schwer befunden. Nicht ich, ich hatte abgenommen in den letzten Wochen, dabei war ich vorher schon mager. Auch wenn man immer noch dünner sein kann. War auch schon anders. Hieß es nicht: zu leicht? Im Sinne von: zu wenig Gewicht, zu wenig Inhalt? Geprüft und für zu leicht befunden? Zu wenig Substanz vorhanden, die doch andererseits die Seele daran hindern müsste, in den Himmel aufzufahren? Das war doch die Idee beim Seelenwägen. Sieht man denn nicht immer, wie die Waagschale sich nach unten neigt und lüsterne Teufelchen in Scharen nach den Seelen grapschen, und dennoch hieß es: Geprüft und für zu leicht befunden?

Diesem Widerspruch werde ich auf den Grund gehen, wenn ich Zeit habe.

nextGirl:
Da sieht man es wieder, dass das mit den Links so eine Sache ist. Zu faul, ihnen zu folgen.

Weil ich jederzeit alles herausfinden kann, was ich wissen wollen könnte, verliere ich die Lust, es zu tun. Denn wenn ich etwas jetzt nicht weiß, kann ich es genauso gut später nicht wissen. Und die Zeit arbeitet für mich: Die ständig aktualisierte Information in den diversen öffentlichen und versteckten Datenbanken hat in der Zwischenzeit schon wieder vor sich hin gewuchert. Und der Anteil der einen Sache, über die man nichts weiß, am gesamten möglichen Nichtwissen ist logischerweise kleiner geworden. Geniale Argumentation!

Und außerdem: Was ich heute nicht weiß, ist morgen schon überholt, wozu also noch wissen wollen. Dann warte ich lieber darauf, dass das Nichtwissen eine kritische Masse erreicht hat und ganz von alleine in einer unhaltbar gegenwärtigen Kettenreaktion die Gehirne einschmilzt.

BlaueRaupe:
Hirnfusion?

nextGirl: Musst du go-, nein, suchmaschinen, natürlich!

14.11.

Kaum fängt das Schuljahr so richtig an, kommt schon wieder die Schulpsychologin. Soll ich diese blöden Sätze vervollständigen, ihr wisst schon. Was fällt euch da ein?

Ich wünsche mir … hitzefrei.
Ich stelle mir oft vor … die Sonne würde bleiben, ganz heliozentrisch.
Was mich ärgert … Schulpsychologinnen.
Manchmal …
Ich fühle mich oft …
Andere in meinem Alter …
Wenn ich etwas gar nicht kann …
In der Schule …
Sport …
Ich denke manchmal … nichts.
Ich leide … unter dem Übernächsten. Euer nächstes Mädchen.

28.10.

Der König, ein Pariser Auslaufmodell. Habe ich schon erwähnt. Den dekadenten Haute-Couture-Shows will Josef etwas Frisches, Neues entgegen setzen, sagt er, versteh ich nicht ganz, er ist doch der Meister der opulenten Dekadenz:

In der Zwischenzeit richtet er dem jüngsten Milliardär-turned-politician ein Privatkasino ein. Oder verwechsle ich da was? Zuerst Politiker, dann Milliardär? Auch kein Problem, wenn's um Geld geht, soll man nicht wählerisch sein. Für die Jagd nach den richtig guten Einrichtungsobjekten schickt er schon mal sein Privatflugzeug vor, in dem speziell beauftragte Interior Scouts sich dann auch richtig um die Fundstücke kümmern, sie aufpolieren und versorgen. Jeden Tag eine gute Tat. Eine gute Tat pro Tag und Hordenmitglied ergibt, wenigstens für das Hordenmitglied, Aufschub bis morgen. Kein Rausschmiss. Dem Kandidaten wird der Hinterkopf geschoren. nG

BlaueRaupe:
Was für ein Kandidat?

nextGirl:
Containershow?
Keine Ahnung, bei Königen denke ich immer an Hinrichtungen.

Alles dann im Tiefspeicher. Schädel und Beschriftung.

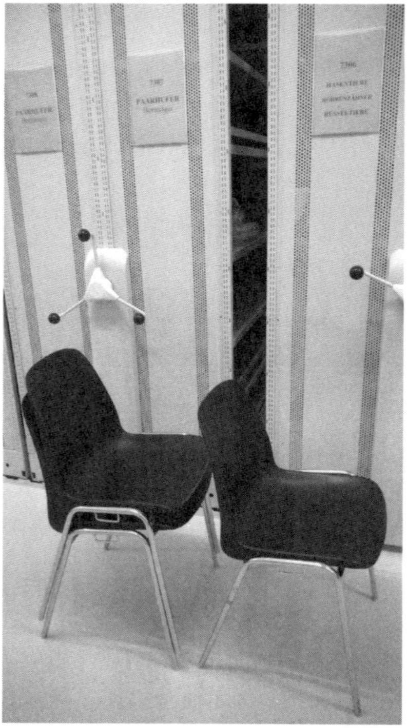

Hat natürlich als Setting genutzt werden müssen, der Tiefspeicher. Diese Anhäufung ausgestopfter Tierleichen. Der Raum von abwartendem Grau, wie eine Serverfarm, ein Sammlungsparkhaus, dessen Wände von Batterien erstaunlich leichtgängiger Regalreihen gebildet werden, jede davon mit ihrem eigenen Mercedesstern bestückt, an dem man drehen muss, um die Regalgasse zu öffnen. Eine beidseitig verwendbare Objektspeichersackgasse mit auf die individuellen Objektbedürfnisse eingestellter Beleuchtungseinheit, man ist ja lichtempfindlich. Und dann sowas:

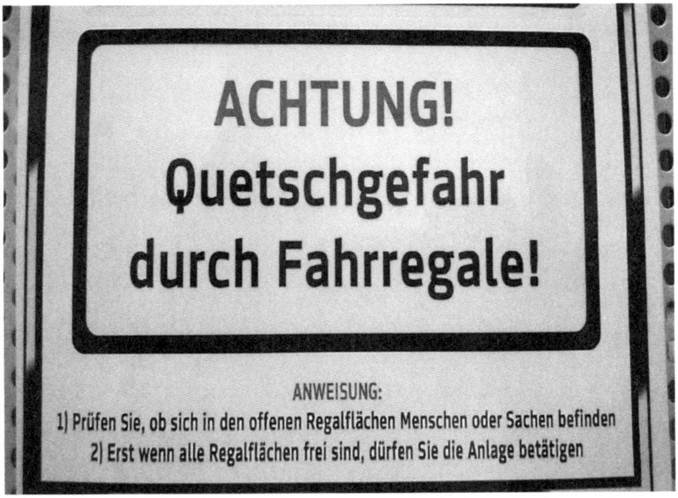

Sollte man nicht unterschätzen. So haben sie den ganzen Raum dann im Studio nachstellen müssen, überlebensgroß, nicht nur wegen der Lichtverhältnisse: die Dimensionierung war falsch. Ist nicht mehr dasselbe, finde ich, auch wenn Josef sicher sagen würde, dass nichts das Wesen einer Sache besser trifft als ihre Übertreibung.

20.10.

Josef hat schon wieder alles umgeschmissen. Nichts mehr mit Saurierskelett. – Also, die Idee ist die, hat Josef noch vor zwei Wochen gesagt: Bianca, unsere biologische Sensation, reitet auf einem Saurierskelett, see the picture? Aber alles überholt, eine neue Idee ist geboren, es wird schon mit der Immobilienverwaltungsgesellschaft verhandelt. Dagegen ist der Denkmalschutz ein Häkelkreis, sagt Josef.

Jetzt nämlich: Wassertank. Die Direktorin ist willig darauf eingestiegen. Wir brauchen Eyecatcher! Also nicht bloß kaiserselige Eingangshalleninstallationen wie früher, Geheimlogenguckkästen inklusive Mozart- und Hofmohrenfiguren, ausgestopfte Kaiserinnenschoßhunde und Ähnliches. Dass auch der schwarze Logenbruder Soliman ein postmortales Dasein als ausgestopftes Schauobjekt im Naturalienkabinett fristete, wurde nicht erwähnt. Das muss mir erst mein Museumswärter erzählen. Später dann nur noch Präparation von Einzelkörperteilen: isolierte Extremitäten.

Jedenfalls ist klar, dass die zentrale Museumshalle, der Museumsdom, der zum imposanten Stiegenhaus hinführt, in Zukunft fluider in die Ausstellungsbereiche eingegliedert werden muss. Einen solchen Raum verschenkt man nicht, da sind sich Josef und die Direktorin einig. Ein Herzstück, Ausgangs- und Schlusspunkt des Rundgangs muss da hinein. Das Thema: der Körper. Dann sagt Josef: Die Kugel, der Raum braucht die Kugel! Mit Wasser gefüllt, was sonst, jetzt schreit er fast vor lauter Aufregung: Und drinnen, drinnen, Bianca, das Menschtierhybrid als Summe evolutionärer Anstrengungen.

Also, das Ameisengitter wird entfernt (da müsst ihr jetzt reinzoomen). Und ganz oben hinter dem Balkongitter ich. Sieht man mich gar nicht, wie man sieht. nextGirl.

Bianca (das Menschtierhybrid):
Mein erstes Mal bei Josef: Ich wurde geprüft von den beiden Männern und der kleinen Frau, die sich ihnen anschlossund die Seiten wechselte. Die Männer nickten einander zu, dann verschwand der eine durch die Doppeltür ins Nebenzimmer, während der andere sich wieder dem Model zuwandte, dem jungen Mann mit den bleichen Augenbrauen, der nun so tat, als wäre ich nicht da. Und irgendwie war ich auch nicht da, inmitten all der Leute, die um uns herum ihren Beschäftigungen nachgingen und sich dabei so verhielten, als wäre ich nur ein weiteres zu umschiffendes Hindernis.

Dann ging die Tür zum Nebenzimmer auf, und alles starrte und erstarrte, so kam mir das vor, für Sekundenbruchteile. Ich begriff, dass aus den unermesslichen Tiefen der Raumflucht nun endlich derjenige kommen würde, dem ich vorgeführt werden sollte, Josef Bronsky, den alle nur Josef nannten. Eine dürre Frau mittleren Alters trat in die Tür, hielt den Türflügel, schlug eine Blickschneise durch die Menge. Ich weiß nicht, ist das Licht plötzlich so grell, oder liegt es am Hunger, dass sich das Bild in Wellen aufhellt und eintrübt, ich sehe eine Gestalt im Gegenlicht, die der Dürren folgt, tja, sagt er in ein Mobiltelefon, bevor er es der Frau hinstreckt, in die geöffnete Hand fallen lässt, dann wendet er sich ab. Die andere Wange hinhalten ist jetzt nich so mein Ding, sagt er in dem beinahe echten deutschen Tonfall, den hier so viele haben.

Bevor ich noch etwas tun kann, um auf mich aufmerksam zu machen, kommt der Mann von vorhin auf mich zu gestürzt, weg, sagt er, ganz schlechtes Timing, morgen wieder, und die kleine nervöse Frau packt mich am Arm, als könnte jetzt nichts schnell genug gehen, ich gehe ja schon, sage ich, gehe ihr voraus durch den langen Korridor in Richtung Ausgang, bleibe unschlüssig stehen, um nach ihr zu sehen, doch sie muss mir irgendwo unterwegs abhanden gekommen sein; ich muss sie finden, den Termin für morgen fixieren, das ist der Auftrag. Das ist schließlich eine große Chance hier, die muss man ergreifen, glaube ich.

Dann muss ich wohl die falsche Tür genommen haben.

nG:
Und bist glatt hier gelandet, wie's so geht.

13.10.

Da war die Sache mit dem Foto: Josef, Eddie und ich im Stiegenhaus, er hasst das Konzept Familie, sagt Josef. Hier eines von Eddies Bildern kurz davor, was ihr drauf nicht seht: mitten in der Menge, spiegelbildlich das Gesicht einer Frau, die ihre eigene Vorderseite in einem kleinen Teil der über zwei Stockwerke reichenden Wandverspiegelung sorgfältig aufpoliert und die exakt geschnittenen schwarzgefärbten Stirnfransen in Reih und Glied kämmt, während das strähnige Haar des Hinterkopfs die nackte Kopfhaut zeigt. Und diese Frau samt ihrer Glatze musste Josef natürlich festhalten. Eine Nacktheit, von der die Frau wohl nichts weiß, sonst würde sie sich doch nicht im Stiegenhaus, diesem Durchgangsort, bei Verschönerungsversuchen beobachten lassen? Sich in einer Position präsentieren, die ihre Bemühungen von hinten torpediert, zu der Lüge macht, die sie sind? Oder ist es eher das Gegenteil, lässt vielleicht gerade die Offensichtlichkeit der Bloßstellung die Sache zu einem Kampf um Schönheit werden, den die Frau schon dadurch gewinnt, dass sie ihn öffentlich austrägt? Ich weiß nicht, was ich denken soll. (Hierhin ist vielleicht Bianca abgebogen, wer weiß. Diese Abkürzungen und Querverweise, was soll man machen.)

Josef hält sich jetzt wirklich für einen Fotografen, sagt Eddie später, nicht Mode, sondern wirklich so Kunst. Mehr Licht und Schatten, grafisch, sozusagen, wie Josef sagt, sagt Eddie.

Ich finde, die Bilder waren toll, ja, sicher. Josef versteht sein Handwerk, und er lud mich ein zur Eröffnung seiner allerjüngsten Werkschau. Ich natürlich hin. Er hatte so eine Idee: Maß nehmen an der Menschenhand. Seiner Hand natürlich. Da staubt das Puder, dass es nicht mehr schön ist. Ich muss an Meerwasser denken, das Salzkristalle hinterlässt auf der Haut, wenn es verdunstet. Ich frage mich, ob dieses Puder-Schweiß-Gemisch wohl vom Kamerainneren fernzuhalten ist und warum dieser allgegenwärtige Staub auf den Bildern nicht zu sehen ist. Na, du stellst Fragen, sagt Eddie und zieht das letzte Wort in die Länge.

Mittendrin das Bild, das Spiegelbild, auf dem nämlich eine alte Frau zu sehen ist, die sich die Stirnfransen kämmt vor der gut zwanzig Meter hohen Spiegelwand des Museumsstiegenhauses, und von der Josef so begeistert war, dass er spontan aus dem Bauch heraus beschloss, mich neben der Frau zu fotografieren, noch ehe sie den Kamm einstecken konnte. Ich weiß schon, es wird passieren, obwohl es unglaublich scheint, dass man selbst einmal so verfallen könnte. Man sieht den Tagen zu, noch geht es aufwärts, jeder Tag verändert den Körper ein bisschen, doch in positive Richtung, dem Höhepunkt zu, einem Alterszenit, von dem man sich dann nicht mehr verabschieden möchte, so achtzehn, zwanzig, schätze ich. Ich verstand Josefs Handbewegung sofort, beugte mich vor und tat so, als wollte ich mir Gel in die Haare schmieren. Ich schielte nach ihm, nur damit ich mein Gesicht nicht sehen und mich für das hassen musste, was ich gerade tat. Wenn man nämlich das Jagen aufgibt, weiß man, dass man sich selbst aufgegeben hat. Ich machte mit bei Josefs Jagd, und ich gebe zu, dass ich mich heute dafür schäme.

Ich kenne den Winkel also ganz genau, aus dem Josef das Stiegenbild aufgenommen hat, und beim Ausstellungsbild stimmt er nicht. Während ich von Objekt zu Objekt wandere und die Galeristin und der Ausstellungskurator und was weiß ich, wer sonst noch alles, um Josef herumschwirren, frage ich mich, ob es sein kann, dass er mehrere Fotos gemacht hat, ob ich mich einfach falsch erinnere oder was genau los ist. nG

Bianca:
Ihr seid meine Familie, sagte Josef, zu jemandem, den ich nicht mochte; ich habe vergessen, wer das war. Nur dieser unangenehme Nachgeschmack von Speichelleckerei, an den kann ich mich erinnern.

nextGirl:
Dieser eine Allerneueste.

Bianca:
Kein Schwulen-Bashing hier. Lösch das ganz schnell wieder. Du wirst noch an deinem Auftritt arbeiten müssen.

nextGirl:
Niemals!

8.10.

Manchmal frage ich mich, was ich eigentlich machen werde, wenn mir nichts und niemand mehr vorschreibt, was ich zu tun habe, kein Stundenplan, kein Veranstaltungskalender, kein Tagesablauf. Das ist jedenfalls ein Ziel, das ich erreichen will, und ich bin sicher, dass ich bis dahin einen Plan haben werde, ich muss ja schon einen Plan haben, der mich dorthin bringt. Also werde ich auch dann nicht planlos sein, wenn ich endlich diese freie unverstellte Zukunft vor mir habe. Allein die Vorstellung! Und bis dahin nutze ich diese unzähligen überflüssigen Zeitschnipsel, die sich so ansammeln, während man in die Luft schaut zum Beispiel. Diese Augenblicke darf man nicht so leer herumliegen lassen, die verwende ich, um blindlings darüber zu schreiben, was ich mit ihnen anfange. Pausenfüllend über, sonst unter der Bank. Die Lähmung breitet sich ja sonst im ganzen Körper aus.

Etwas, das ein Glück ist: Ich höre meine Eltern nicht mehr streiten in der Nacht. Das war das Schrecklichste, daran kann ich mich noch erinnern, obwohl es lange her ist. Am Anfang bin ich noch zu ihnen gegangen, später habe ich mir die Decke über den Kopf gezogen. Ich war so böse auf sie.

Tja, und schon ist es draußen, lässt sich nicht mehr zurückholen. Neues jetzt: Ein paar Fotos wären nicht schlecht, die man lange ansehen kann, um die Zusammenhänge zu verstehen, doch heute finde ich kein Foto, das der aktuellen Stimmungslage (Statuszeile) entsprechen würde. Das hilft, die Gegenwart zu fixieren. Aus geprüften, abgelagerten und vernetzten Bildern kann ich mir die Welt zusammenbauen. Dabei muss ständig neues Beweismaterial hochgeladen werden, damit man mit genau diesem Jetzt Schritt halten kann. Was nicht geht, das läuft immer schon voraus. Man hinkt hinterher, da helfen all die Updates nichts, die Gegenwart ist immer schon bei der nächsten Ackerfurche und lacht den Hasen aus, der sich umsonst abhetzt und schon ganz irre wird.

Festschreiben muss man die Realität und sich in ihr verankern. Ihr die eigene Form aufdrücken, oder zumindest den eigenen Formwillen.

Nur weil in Klassenräumen das Thema naheliegt, wenn man sich so umsieht: eine Positionierung zum Thema Schuhe beispielsweise. nG

Bianca:
Manche Wirbelsäulen sind dafür gemacht. Können sich über immer noch höheren Absätzen schlängeln, jede Saison. Die Fähigkeiten der Wirbelsäulen wachsen mit; ich weiß, wovon ich rede.

Am ersten Tag stand ich jedenfalls in einem dieser Gänge, Highheels or not, und war plötzlich allein, verlassen auch von der kleinen Frau, die mir umso blasser erschien, je länger ich den Ausgang suchte. Immer auf dem Sprung, immer lächelnd, immer so ein selbstsicherer Gesichtsausdruck, dass niemand in den Räumen, deren halbgeöffnete Türen ich aufstieß, auf die Idee kommen konnte, ich hätte hier nichts zu suchen, denn ich hatte etwas zu suchen: den Ausgang. Ein Taubenschlag. Wobei der keine Türen hat, soweit ich weiß, nur gähnende Öffnungen. Muss ganz schön zugig sein im Winter. Schließlich war ich so weit, dass ich beschloss, irgendwem eine Auskunft abzuringen. Doch wann habe ich je einen Taubenschlag gesehen?

Ich hätte schreien können (ich tue es nicht, diese Art der Inszenierung ist nicht meine), und keine Braue hätte sich gehoben. Ein Bienenstock wäre vielleicht ein passenderes Bild. Eines, das ich jedenfalls kenne. Meine Großmutter hatte eine Imkerin als Nachbarin in diesem diffusen Vorgebirgsbereich, in den sie sich so früh zurückzog.

Und wenn ich nicht durch die falsche Tür gegangen wäre, hätte mich die kleine Frau gefunden. Sie wäre auf einmal hinter mir aufgetaucht und hätte vorwurfsvoll gefragt, wo ich denn bliebe, anschließend wäre sie mit mir im Schlepptau in die Gegenrichtung durch die Saalarrangements gepflügt, immer wieder durch einen Blick über die Schulter sicher stellend, dass ich nicht verloren ginge. So blieb ich in einem turnhallengroßen Umkleidebereich, setzte mich in eine gepolsterte Raumecke, nuckelte an meiner Wasserflasche und versuchte auszusehen, als gehörte ich dorthin. Als endlich so etwas wie Nachtruhe ausbrach – draußen erwachten die ersten Vögel - kam ich mir vor wie eine von Blaubarts Bräuten, die den Schlüssel nicht fallen lassen darf. Ich muss dann doch geschlafen haben, denn ich wurde vom Schlurfen der kleinen Frau geweckt. Da bist du, sagte sie, ich erkannte die Stimme sofort und wunderte mich darüber, dass das möglich war, wir hatten kaum zwei Sätze gewechselt. Ich hob den Kopf, der Polsterstoff hatte sich in die Wange gedrückt, und stellte fest, dass mir die Augen liefen. So ging das natürlich nicht, und ich fragte nach einem Badezimmer. Als ich aufstand, stieß ich mit dem Fuß gegen die Wasserflasche, die über das hochglänzende Parkett rollte. Sie sagte etwas auf Französisch zu einem Neuankömmling, und auch, wenn man die Sprache nicht versteht, die Herablassung im Tonfall spürt man sofort; ich beschloss, dass ich nicht gemeint sein könnte. Dass ich stattdessen mit ein bisschen Häme der Sache zusehen durfte: sie hatte ihn getroffen, nicht mich. Während sie sich intensiv ihrem Display widmete, legte sie, ohne den Blick zu heben, ein wenig Herzlichkeit in ihre Stimme: Gut, dass du schon so früh da bist, dann haben wir Zeit für dich. Froh, dass sie den Stoffabdruck nicht zu genau begutachtete, machte ich mich schleunigst auf den Weg zur Toilette, sie rief mir nach: Frag nach Leila.

Erst auf dem Klo fragte ich mich, wieso ich nach Leila fragen sollte, ich würde sie doch wohl hoffentlich wiederfinden, oder dachte sie, ich sei so unorganisiert, oder hatte sie das überhaupt nicht mir nachgerufen? Oder war Leila jemand völlig anderes, das Ende eines Rettungsseils, das sie mir zugeworfen hatte, mein Schlupfloch, von dem ich nur hoffen konnte, dass es auch später, in zwei Minuten, einer Stunde, morgen noch, offen stand (schließlich wollten die Reisekosten eingebracht werden). Die Angst stieg auf, dass ich aus dem hellen Waschraum mit dem nach oben offenen Händetrockner, in den man die Hände einführt wie Brotscheiben in den Toaster, hinausgehen würde und meinen Weg nicht mehr finden könnte. Während ich mein Spiegelbild betrachtete, sah ich immer deutlicher, dass ich bei der Rückkehr in die äußere Welt keine Welt mehr vorfinden und dass Leila, die Wächterin des Wunderlandes, kühl lächelnd jede Verbindlichkeit abstreiten würde.

4.10.

Meine neue Lieblingstasche. Und erst das Grün! Da kommt Freude auf.

© Camou

Na, hat das nicht was Medusisches? Damit ihr mir das glaubt, nun aus Anlass des Tages des freiwilligen Aussterbens der Menschheit (Dank an das Voluntary Human Extinction Movement) ein großes grünes breitfußiges fleischfressendes Tier vom Stamm der Medusen:

Worin es schwimmt, so ein eingelegtes Tier, frage ich meinen Museumswärter. Alkohol, sagt er, und ich bemerke, dass man das riecht, das ganze Haus hat so einen speziellen Konservierungsgeruch. Der Museumswärter lächelt, an den kann man sich richtig gewöhnen, sagt er, nicht zum ersten Mal. Manchmal bin ich ganz verblüfft, dass ich schon seit 15 Jahren in diesen Räumen arbeite. Er sieht der Putzfrau nach. Das wird am härtesten sein nach der Pensionierung, das Fehlen des Geruchs. Pensionierung, pf, sage ich, du machst Witze, Michael. (Was die Erwachsenen immer haben mit der Pensionierung.) Das dauert noch Jahrzehnte. Und außerdem könnte man ja ein paar Präparate nach Hause mitnehmen: da gibt es sicher jede Menge im Archiv? Ja, sicher, sagt er lachend, fragt, ob ich ihn zum Diebstahl anstiften will, und erklärt, dass der Großteil der nicht ausgestellten Objekte im unterirdischen Tiefspeicher untergebracht ist. Ich bettle darum, den ansehen zu dürfen. Eigentlich nicht, sagt er, eigentlich nur mit Sondergenehmigung. Er legt den Kopf schräg.

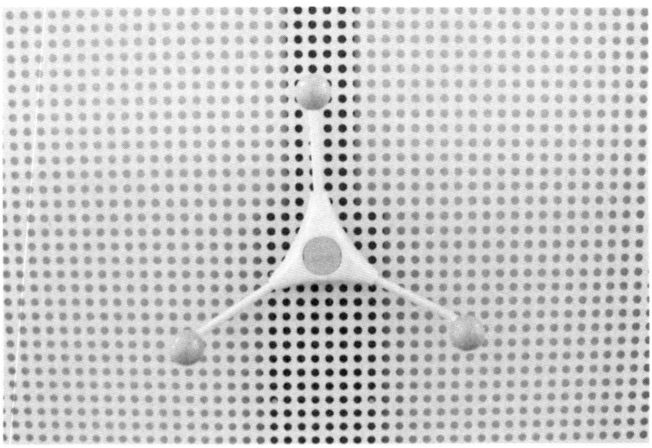

Diese Regalreihen haben was von angestaubten Sciencefiction-Filmen. Das sage ich auch zu ihm. Nicht, dass ich was gegen altertümliche Sciencefiction hätte. Was mich eigentlich so an dem Museum fasziniert, will er wissen, dabei freut ihn mein Interesse, weiß ich genau. Dann unterbricht er sich: Ist dir schon aufgefallen, dass man Sciencefiction jahrzehntelang für eine überholte Schwärmerei gehalten hat, und plötzlich ist sie wieder da? Nein, bremst er sich ein, natürlich nicht, wie solltest du das wissen können.

Und jetzt verrate ich euch noch ein Geheimnis: Der Museumswärter ist mein Vater. Meine Eltern haben sich schon vor langem getrennt: er freut sich, wenn ich ihn besuche. Wenn ich beschreiben will, wie mein Vater aussieht, fällt mir das trotzdem schwer, schon seltsam. Als ob mir das Gesicht zu vertraut wäre. Deshalb rekonstruiere ich es, von außen nach innen, von der Gesamterscheinung bis zu den Falten in den Augenwinkeln, die noch weiß leuchten im Braun der Haut, obwohl der Sommer auch schon wieder länger vorbei ist. Außerdem ist er kein Wärter, er ist Wissenschaftler: Paläobiologe. Biancas Fall müsste ein gefundenes Fressen sein für jemanden wie ihn. Doch das ist eine andere Geschichte.

Jedenfalls fängt der Museumswärter jetzt damit an, dass auf einmal wieder Bewegung in die Sciencefiction-Sache kommt: Kontaktlinsen mit integriertem Display, er sieht mich fragend an, ich nicke. Nanotechnologie, das könnte auch etwas für mich sein. Mal sehen. Er beschleunigt die Schritte, wir sind wieder oberirdisch unterwegs zum Sauriersaal. Er bleibt abrupt stehen und dreht sich um. Ich finde Familiengeschichten blöd.

Stell dir das vor, sagt er lächelnd und kratzt sich am Kopf, ein scheußliches Geräusch. Da kann man fernsehen oder Reden ablesen oder Wegbeschreibungen abrufen oder Informationen über einen Gesprächspartner, Steuerung per Pupillenbewegung, ohne dass irgendwer rundherum was mitkriegt außer einem leicht glasigen Blick möglicherweise. Wenn man so in den Raumtiefen hängt, dürfte es schwer fallen, spontan auf ein Objekt in der näheren Umgebung scharfzustellen. Ja, sage ich, aber du darfst nicht vergessen, dass dann auch alle anderen sowas haben. Stimmt, gibt er zu und lacht, und sein Anzugsärmel streift meine Hand. Was für ein kratziger Wollstoff, dass Männer das freiwillig anziehen. Wie er das aushält. Man muss nur den Hörnerv direkt mit einem Empfänger verkabeln, einen Kanal durch die Schädeldecke legen und unter den Haaren eine kleine Empfangseinheit verbergen. Das Senden wird schon schwieriger, sagt er, aber zuversichtlich, wie wir sind, werden wir das auch noch in den Griff kriegen. nG

Bianca:
Zum Aufstieg vor dem Fall: Ich fand den Weg zurück ganz leicht, auch Leila konnte ich identifizieren, es war tatsächlich die kleine Dunkelhaarige, ausgesprochen herrisch, und man arrangierte mich auf einem Haufen Kleidung. Gorgeous, sagte der eine der beiden Männer, die ich schon an dem Jungen herumwerken gesehen hatte.

nextGirl:
Hat das was mit Medusa zu tun? Auch eine Gorgo. Das bin übrigens ich ganz gorgeous mit Schlangenhaar:

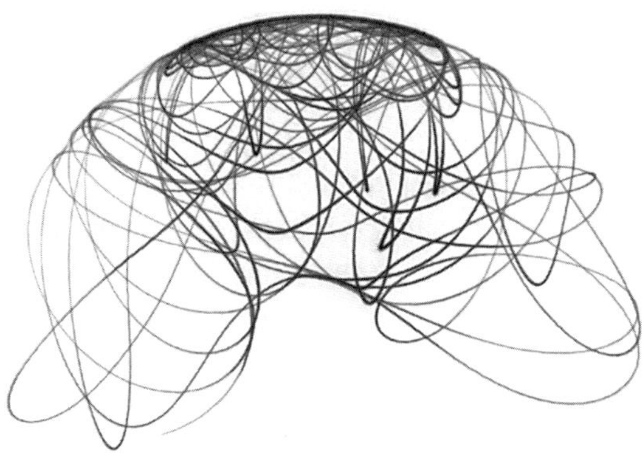

Bianca:
Ich erkannte gleich den vertrauten Akzent, dieses österreichische Englisch, dieses weiche Durchhängen in der Mitte jeder Silbe, obwohl man sich am englischen Konsonan-

tengerüst festhält, mehr oder weniger, und bei der ersten Gelegenheit sprach ich ihn an. So einfach trat Eddie in mein Leben, und ich weiß nicht, wie ich ihn wieder hinausbekomme. Ich weiß auch gar nicht, ob ich das will. Das Erste, was mir an Eddie auffiel, waren seine schiefen Zähne in einem ansonsten durchaus schönen Gesicht. Hat ja heutzutage keiner mehr, selbst als Erwachsener kann man sich noch vervollkommnen lassen und Zahnspange tragen, nichts mehr dabei. Und eigentlich ist Eddie Fotograf, das heißt, dass er natürlich nie, niemals an dem jungen Mann herumgewerkt hätte, wie hatte ich sowas nur denken können. Solche grundlegenden Regeln müsste ich kennen, wenn ich in diesem Geschäft was werden will. Ich müsste auch wissen, dass man bei Fotografen aufpassen muss, doch das wusste ich bereits. Jeder Handyfotograf glaubt ja, dass er da was rausschlagen kann, verdrehte Augen und: Du musst schon spielen mit der Kamera. Von den wirklich großen Nummern ganz zu schweigen, das gehört wohl zum Berufsbild. Doch Eddie ist nicht so, das muss man ihm lassen. Gorgeous, indeed, sagte der Zweite, Stylist, der werkt wirklich. Da lässt sich was draus machen, sagte der Stylist, während die Dürre, die wohl Lisa hieß, Kaffee trank, schwarz selbstverständlich. Ihr Lippenstift erinnerte mich an getrockneten Erdbeerkuchen. Die linke Hand des Chefs, wie Eddie mir während unbeobachteter Sekunden versicherte. Du hast gefallen, wie es scheint. Nicht zittern, sagte er mit ernstem Gesicht, dann verschanzte er sich wieder hinter dem Objektiv und ließ mir nur den Blick in den Linsenspiegel, den unergründlichen Bergsee, in den ich mich jetzt stürzen könnte, wenn ich wagemutig wäre. Dabei war ich mir sicher, dass ich ganz ruhig dastand in dem sackartigen Kleid, das sie mir übergezogen hatten, nur zog jemand an meinen Haaren, eine Frau, der der Stylist gerade von seinem Urlaub in Namibia erzählte. Die Wüste, sagte er. Das muss man gesehen haben. Da kannst du dir überall so Campingwagen mieten. Und die Löwen? Hat man denn keine Angst, fragte die weibliche Stimme, ganz und gar körperlos, ich erinnerte mich an kein passendes Gesicht. Och, sagte der Stylist so deutsch, dass ich mich fragte, warum er zuvor mit Eddie Englisch gesprochen hatte. Ein einziger babylonischer Kleiderhaufen hier.

Die kommen dem Feuer nicht zu nahe, sagte der Stylist. Du musst eben Feuer machen. Ein Junge, das Model vom Vortag, glaube ich, kam durch eine der riesigen Flügeltüren und flüsterte Eddie etwas ins Ohr, der nickte. Der Junge drehte sich um und entfernte sich, als wäre ich nicht da. Naja, der Unterzucker.

> nG:
> Die Cybergorgonen werde ich nicht mehr los. Unterbrechen auch noch den Fließtext. Den Textfluss.

30.9.

Danke, übrigens, @BlaueRaupe, für die Übersetzung dieses musealen Zettels:

Erste begutachtende Rückmeldung, dachte er: Wir haben unser Innerstes liquidiert und der Konkursmasseverwaltung übergeben. Nächster fünfzigprozentiger Fünfjahresplan: Das Versmaß des Wals. Das Abzählen und Auswerten ist unser letztes Privileg, das nützen wir nach Kräften. Das brauchen wir zu unserem Glück, Sie werden das verstehen. Ist nichts Persönliches.

Michael sah aus dem Fenster und fragte sich, was das für Ansichten waren, die er formuliert hatte, ohne sich dabei selbst zuzuhören: Aussichten eines Unbefristeten? Definitivgestellt, das hieß auf unbestimmte Zeit beschäftigt, zwar nur auf Teilzeitbasis, doch immerhin, man musste sich freuen dürfen, die biennalen Regentänze der Bediensteten mit befristeten Verträgen nun endlich glücklich hinter sich gelassen zu haben. Michael bewunderte den tapferen Kampf der an der gegenüberliegenden Lichthofkante vor sich hin kümmernden Birke, deren spärliches Laub vor dem grauen Backstein des klassizistischen Gebäudes leuchtete. Nur hier glücklich, dachte er, nur hier komplett, dann seufzte er und sagte sich, dass das nicht stimmte.

Versmaß des Wals: Hab das nicht ich geschrieben? Die Piraten sind unter uns, wie's aussieht, doch dazu später, mein Museumswärter kommt zurück.

Ich zeige euch einen kleinen Rundblick durch meinen Lieblingsausstellungsbereich. Dinosaurier haben was, keine Frage, auch wenn es schwer ist, sie ganz ins Bild zu kriegen, trotz Panoramafunktion. Diese riesenhaften Knochengerüste, die einfach vor sich hin stauben, beeindrucken durch ihre bloße Existenz. Ich wette was, 90 Prozent davon ist Plastik. Und diese Raumhöhen, immer gibt es gigantische zentrale Hallen in diesen alten Museumsbauten, klar, dass Josef daran nicht vorbei kann. Das Monströse zieht uns schließlich alle an. Mittendrin im klassizistischen

Kuppelraum (doch, ich kann schon googeln), zwischen Elefantenfußpfeilern und überflüssigen Balustraden, die so tun, als hätte man von dort aus eine Aussicht, Josefs Event.

Also, die Idee ist die, hat Josef gesagt: Bianca, unsere biologische Sensation, reitet auf einem Saurierskelett, mit einem Freiheitsschwert in der Hand, schätze ich: Sieg der Säugetiere über die Echsen. 65 Millionen Jahre Evolutionsgeschichte. (Immer tragisch, sagt jemand, die Haar-Make-up-Frau wird es nicht gewesen sein, vielleicht ich selbst, immer tragisch, wenn Modemacher sich für Philosophen halten. Woher der Ton? Ihr werdet sehen.) Josef korrigiert, nein, noch besser, Bianca in einem Saurierskelett, Bianca, das Menschtierhybrid, der Wurm im Menschen im Lindwurm. Das Echsentier ist doch der Drache, ich denke, sagt Josef, zunehmend begeistert, dass es die Echsenerinnerung war, die den Drachengeschichten zugrunde liegt; Drachen sind schließlich auch Würmer. Lindwürmer, wäre interessant zu wissen, woher das Lind kommt. Letzteres habe anscheinend ich gesagt, und zwar laut, der Lichttechniker wischt jedenfalls auf dem Display herum.

Es ist Schließtag, und ich finde es großartig, durch das leere Museum zu wandern, ganz allein, zumindest fast. Mein Museumswärter geht voraus, weist mich auf eine der versenkbaren Trennwände hin, die in Metallfugen verschwinden, das Fischgrätmuster des Parketts wird grausam durchschnitten. Während wir an einer der schweren alten Vitrinen vorbei die Abteilung für Ausstellungskonzeption ansteuern oder Wissensvermittlung oder Öffentlichkeitsarbeit, erklärt er mir den Unterschied zwischen Art, Spezies und Subspezies und die Bedeutung dieser Begriffe für die physische Anthropologie und die Taxonomie. Was ihn zu der Sache mit dem Rassesaal führt und zu der Frage, wie die Skelettsammler an ihre Menschenpräparate kamen. Aber wen interessiert das heute, sagt er lächelnd, Schnee aus dem letzten Jahrtausend. Unter uns: die Paläobiologie hatte es durchaus auch in sich – und da sollte man meinen, das wäre ein wirklich sicheres Forschungsgebiet: die Lehre von den Lebewesen vergangener Erdzeitalter. Mein Doktorvater – Doktorvater? – also mein Betreuer hat immer behauptet, Wissenschaft sei wertneutral. Weiß man natürlich heute, dass das Blödsinn ist. Ganz verstehe ich nicht, wovon er redet.

Währenddessen besichtige ich den eingelegten Bandwurm aus dem Dünndarm eines Wrackfisches, der samt dem Bild des Finders und Wurmsystematikers in einem Schaukasten präsentiert wird. Ich mache Fotos, schon für Bianca, es zuckt in seinem Gesicht, und er fängt an zu erklären, wie das früher war mit dem Fotografierverbot, und dass das erst die Smartphones zu Fall gebracht hätten. Michael grüßt eine Putzfrau, sie hebt kaum den Kopf. Schon wieder eine neue, flüstert er, als sie samt ihrem Rollwagen an uns vorbeigezogen ist. Neuer Anbieter übrigens auch, hätte ich doch sehen müssen, sagt er, und wirklich erkennt man an der grellen Müllsackbeschriftung, welche Zeitarbeitsfirma sie geschickt hat. Ich frage ihn, was Neutralität der Wissenschaft denn nun bedeuten soll. Im nächsten Saal zeigt er mir einen hohen Glaszylinder, der bis an den Rand mit den Tentakeln einer weißlichen Riesenqualle angefüllt ist. Nun, die Behauptung, dass die Forschung und ihre Methodik nicht beeinflusst sei von ihrer Zeit, der Politik, dem Geld, persönlichen Interessen und so fort. Sieh dich um: Nichts ist je unabhängig von der Person dahinter, sagt er und wartet tapfer ab, bis ich mein Bild gemacht habe: Neutralität gibt es nicht.

Medusa, sagt die Beschriftung auf dem Messingschild am Sockel, abgeschlagener Medusenkopf mit Schlangenhaar; ob das auch weiter wächst nach dem Tod? nG

ExterneExpertin:
Haare wachsen gar nicht mehr nach dem Tod. Mythos. Die Haut zieht sich zurück, das ist alles. Und ein bisschen Recherche zu Me-

dusa ergibt: Sinnbild der Kastrationsangst des Mannes beim Anblick des primären weiblichen Geschlechtsorgans. Schreckstarre angesichts der Schlangen.

nextGirl:
Also ich kenn mich ja nicht aus, aber wieso sollte ein Mann Kastrationsängste kriegen beim Anblick eines weiblichen Geschlechtsorgans? Eines der Rätsel der Menschheit, die ich noch erkunden muss, ebenso wie die Frage, warum man diese Ängste am besten bekämpft, indem man der Frau den Kopf abschlägt? Den Museumswärter kann ich das leider nicht fragen, der wüsste es vermutlich auch nicht. Rätsel Mann. Stattdessen frage ich ihn, worin es schwimmt, das arme Untier.

ExterneExpertin:
Der Schrecken deshalb, weil es um die eigene Mutter geht, sagt Freud, sagt unser aller Wikipedia: der schamhaarumkränzte Geburtskanal, den man selbst durchquert hat. In die andere Richtung, Rückkehr unmöglich.

Und übrigens hat es sich schon lange ausgegoogelt.

nextGirl:
Ok, dann datenkrakele ich eben: Ödipus?

Bianca:
Das heißeste Menschheitstabu seit Adam und Eva. Mit wem hat Kain sich fortgepflanzt?

nextGirl:
Abel?
Heutzutage kein Medusenhaar mehr weit und breit, jeder Feiertag ist Anlass zu einem allgemeinen Haarentfernungssaufruf, bitte sehr: Get waxed for St. Patty's Day:

Und dann kommen die Achselhaare wieder, Schweißgeruchsschleudern, ausgerechnet.

Bianca:
St. Patrick hat allerdings die Schlangen aus Irland vertrieben. Und die Spinnen, glaube ich.

BlaueRaupe:
Was ist denn heute los?

Bianca:
Das sprengt den Rahmen.

nextGirl:
Rahmen gibt es nicht.

Bianca:
Wenn du das sagst.

next
Girl:
Alles
nur
eine
Frag
e

der Fensterbreite.

22.9.

Ob mich das Museum interessiert, fragt Michael. (Ich schaue zu ihm auf, zu seinem hoffnungsvollen Blick, den er schnell abwendet, zu den dunklen Haaren, grau durchsetzt, wasch sie dir mal wieder, würde Mama sagen.) Was ich werden will?

Ich weiß nicht. Bloggerin, das bin ich aber schon, und man muss auch was zu bloggen haben. Das ist der Punkt, oder? Sagen tue ich, dass ich die

Location toll finde; von den Brillen erzähle ich ihm, die mitfilmen und alles gleich online stellen, da kann man sich das Bloggen sparen. Er zuckt mit den Schultern. Ich hinter ihm her, immer durch irgendwelche Hintereingänge, über Parallelstiegenhäuser und entlang von Parallelgängen, vorbei an Räumen, die seit einem halben Jahr Baustelle sind. Sagt er. Von Zeit zu Zeit, anfallsartig, quillt daraus das Dröhnen hochfrequent arbeitender Schlagwerkzeuge. Von seinem Büro aus klingt es, als würde das Hämmern von überallher zugleich kommen, aus dem Untergrund und so quälend, als wäre man beim Zahnarzt. Das sagt er, er ist auch kein Wärter, und er zeigt mir eine Schädelsammlung, die neu katalogisiert werden muss.

Früher dachte ich, ein Wärter wäre irgendwie bedeutsamer als ein Wissenschaftler, denn er hat ja die Aufsicht, die Oberaufsicht über alles, was in den Räumen passiert. Also auch über die Leute, die darin eigenartigen Arbeiten nachgehen. Ich dachte allerdings auch, ein Ministerialrat wäre wichtiger als ein Minister, weil es die kompliziertere Bezeichnung ist. Papa hat gelacht. Dass es die Externen sind, die das Sagen haben.

Der Staub, sagt er und lacht und wischt über die Ordnerrücken, kommt jedenfalls in Schwaden. Die breiten sich im Innenhof aus und überziehen das Papier mit feinen Schichten. Von den tonnenschweren alten Glasvitrinen – denkmalgeschützt! sagt er – gar nicht zu reden, wenn dann noch das Wetter umschlägt und die Luft feucht wird, geliert alles zu einer klebrigen Schmiere, die kaum noch zu entfernen ist.

Der wirkliche Grund, warum ich hier bin, hat nichts mit Staubwolken und Hintertreppen zu tun, die Sache ist die: Eine neue Ausstellung wird aufgebaut. Das Museum hat nämlich einen neuen Hauptsponsor, chinesische Mobilfunkfirma oder so. Jetzt wird alles anders, sogar die Schreibtischdeko:

Das Hinter-den-Kulissen-Sein ist das Aufregendste überhaupt, rein aus Prinzip. Selten so ein Kitzeln in den Handflächen gespürt wie backstage. Im Hinterhof der Show, in den unfertigen Gegenden, dort, wo alles erst zusammengesetzt wird. Muss eine Art Voyeurismus sein bei mir, das gebe ich offen zu. Hier entsteht jedenfalls eine Präsentation nach ganz neuen museumspädagogischen Prinzipien (mein Museumswärter sieht mich zweifelnd unter seiner Brille hervor an, doch ich kann kontern, ich bin auch gern bebrillt, wisst ihr ja): eine Ausstellung rund um den Körper unter Rückgriff auf die bisherigen Sammlungen. Inklusive dem wiehernden Dinosaurier, der vielleicht vor einem halben Jahrhundert hip war?, frage ich. Er lacht. Und der nichtöffentliche Bereich ist auch wirklich super, diese dichtgepackte Ansammlung toter Körper, diese Kadaververdichtung zu Forschungszwecken. Muss man gesehen haben. Doch schon die Museumshallen haben was, was Archivisches nämlich, da müsste man mal eine Geburtstagsparty machen, je archivischer, desto besser. Behäbige

Präsentationsregale entlang der Wände, und drinnen alles schön parallel und mit System!, welchem auch immer, in Reih und Glied aufgestellt, wo kommen wir sonst hin: Meteoritenteile, fossile Brennstoffe, südamerikanische Raubkatzen, sogar ein paar allerliebste Spielszenen, ganz natürliche Settings, Walskelette, aufgespießte Käfer. Lückenlose Erfassung und Vollständigkeit, sagt er. Die Vermessenheit der Welterfassung. Das Versmaß des Wals. nG

Bianca:
Die Ausbildung meiner Wahl: Mathematikerin. Nie fertig gemacht. Eigentlich auch nie richtig begonnen, das heißt, die Mathematik steht als Option eigentlich immer noch im Raum. Über die fraktale Geometrie bin ich leider nie hinausgekommen.

21.09.

Besuche ich meinen Vater im Büro. Muss er plötzlich weg. Er hätte fast die vollzählige Besprechung vergessen, neuer Chef. Neuer Zweitchef, korrigiert er sich, verzieht den Mund, Strukturanpassung, Doppelspitze, jetzt haben sie der Swoboda einen Codirektor vor die Nase gesetzt, so einen assessment-zertifizierten, wenn ich verstehe? Ob ich verstehe? Ernsthaft? Vermutlich kenne ich das Wort länger als er: a-ssess-ment. Ob er mich eine halbe Stunde allein lassen könne? Ich werde derweil keinen Unsinn machen in seinem Büro? Nein, bloß Fotos seines Arbeitsmaterials:

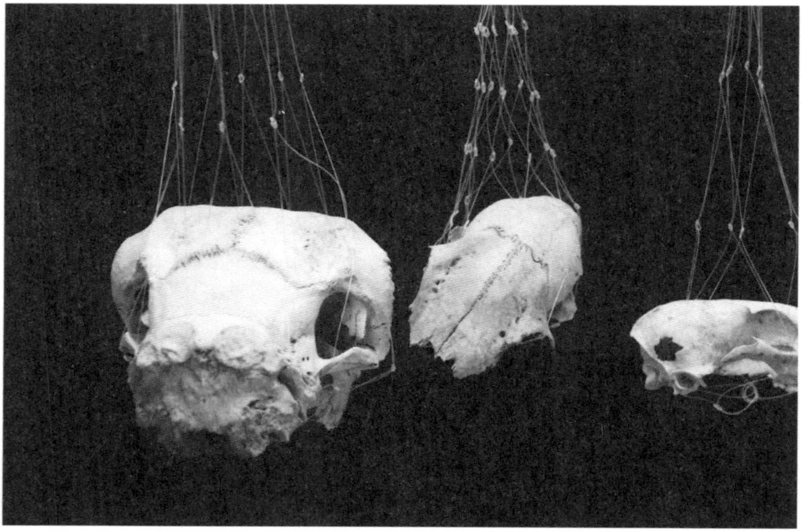

Er gibt mir was zu lesen. Süß. Aber sicher, Sir. Ich schreibe euch inzwischen. Nur ein dokumentiertes Leben ist ein echtes. Und der Zettel, der da in der Mitte des Tisches liegt, unlesbare Handschrift, das ist aber jetzt so altvorderst museal. Kann das irgendwer entziffern?
Dank im Voraus. nG

Bianca:
Nein, leider.

Dafür kann ich einen Beitrag über Josef liefern, während wir drauf warten, dass hier was weitergeht. Wie das war, als er endlich kam: Man spürte sofort, das was Entscheidendes bevorstand, der Lärmpegel sackte schlagartig ab. Josef, flüsterten sie, die Dürre sprang auf und schleppte einen barock geschwungenen Sessel in die Raummitte, Josef ging darauf zu in seinen Reiterstiefeln, etwas steif, doch das konnte an den Stiefeln liegen, ein kleines Zeichen ließ sie den Sessel zum Fenster schieben, er sank darauf nieder. Ich sah seinen scharf rasierten Nacken über der samtenen Kragenkante eines Brokatkleidungsstücks – eines Gehrocks vielleicht –, während er sich offenbar in den Anblick der Parklandschaft vertiefte. Das konnte ich verstehen, hätte ich auch gern getan. Wenn der Mann vor mir nicht dauernd irgendwelche Anweisungen erteilt hätte. Kopf hoch. Hoch! Wir wollen die Halslinie sehen. Josef wollte nicht. Er betrachtete die sich in die Winterstarre zurückziehende Vegetation. Die Menschen, deren Mittelpunkt ich darstellte und die mich doch so behandelten, als wäre ich irgendwie unbewohnt, die hin und her liefen, mich mit Dingen behängten und wieder abräumten, an mir herummalten und an meinen Haaren zogen, die könnte ich in der Zwischenzeit kommunikationstechnisch außer Gefecht setzen, denke ich mir, die Handys knacken. Wer schließt schon seine Bluetoothschnittstelle, niemand, kennt sich ja keiner aus. Die permanent neu anrollende technische Evolutionswelle hat längst alle Surfversuche mit sich gerissen. Mein Gerät gibt Laut.

Ein bisschen fröhlicher, Liebes, sagte der Stylist, ich wusste noch nicht, wie er hieß, Steve nämlich. Ich nannte ihn den Dramaturgen, dabei hatte ich schon gelernt, dass es zum unverkennbaren Ausweis seiner Profession gehört, immer ein ganzes Ausrüstungsarsenal mit sich herumzuschleppen, Haarspangen, Schuhe, Basicteile, was man halt so braucht. Die Schnittstellen könnte ich ansprechen, dachte ich, die Geräte in den Taschen suchen, während sich die Köpfe über irgendwelche Details beugen, eines nach dem anderen zum Verstummen bringen, eine Telekommunikationssenke, die mit mir mitwandert. Ich biss mir auf die Lippen, um das aufkommende Lachen einzubremsen. Das hätte mir grade noch gefehlt.

nextGirl:
Morbid.

Bianca:
Eddie, jedenfalls: Er lächelte mich an, und seine feine Zahnlücke zwischen den schiefen Vorderzähnen war mir schon vertraut. Ich lächelte zurück und war überzeugt davon, dass er wusste, worüber ich gerade nachdachte, Hintereingänge und wandernde Kommunikationssenken. Der Dramaturg sagte: tsss, dabei wollte ich eh nicht dran gehen, hätte ich gar nicht können, das Klingeln erstarb in meiner Tasche, die ich in die Ecke geschmissen hatte, und ich wusste schon, dass ich mir Tadel fürs Nichtausschalten zugezogen hatte. Und überhaupt: Nicht aus der Tasche holen, nie das Ding aus herausholen, die denken sonst, du sammelst Vorabfotos der streng geheimen Kollektion. Geleakt wird nur nach Masterplan.

Die Höflichkeit der Untertanen, man sollte neue Benimmbücher schreiben. Josef ließ keine Reaktion erkennen, er blickte immer noch zum Fenster hinaus und sagte: Diese radiation dose, das wird vollkommen unterschätzt. Eddie lächelte noch einmal, und sein Lächeln hatte was Anrührendes, das mich fast dazu brachte, etwas zu sagen, wenn die Make-up-Frau mich nur gelassen hätte.

Plötzlich bewegte sich was im Aussichtssessel, die Dürre sprang herbei, Josef stand auf, kam auf mich zu, umrundete mich, der Dramaturg, mindestens ebenso angespannt wie ich, ließ sofort von mir ab, folgte Josefs Blick, eilte ihm voraus, zupfte erneut, rückte zurecht, nicht übel, was meinst du? Danke, sagte Josef kurz, zu wem, war nicht klar, die beiden Männer lächelten einfühlsam, ich lächelte auch, für alle Fälle. Woher kommt sie?, fragte er den Dramaturgen, der zuckte mit den Schultern. Du wirst eine vernünftigere Agentur brauchen, sagte Eddie später.

Josef runzelte die Stirn, so gut das eben ging bei ihm (partielle Gesichtslähmung, die kleinen kosmetischen Geheimnisse lernt man zu durchschauen), nein, sagte ich zu Eddie, doch, ich kann dir da helfen, sagte er und winkte die Dürre her: Hol Leila, die weiß Bescheid. Das hier konnte gar nicht Leila sein, diese abgemagerte hohlwangige Gestalt mit den langen roten Haaren, die sie in einer Afrofrisur trägt, was ein schönes Ringmuster auf ihrem Kopf ergibt, ein Furchenmuster wie auf einem frisch austreibenden Feld, nur farbinvertiert, Hautweiß statt Erdenschwarz, Kupferrot statt Frühlingsgrün, ist sicher nicht Leila, nein. Leila ist die kleine Dunkelhaarige, weiß ich doch. Was habe ich nur mit meinem Kopf gemacht? Hol Leila, sagte Eddie jedenfalls, doch Josef winkte bereits ab, klärt das später, Kinder, sagte er, sah mir noch einmal tief in die Augen, hob mit einem gekrümmten Zeigefinger mein Kinn, was mich dazu zwang, den Blickkontakt zu beenden, und plötzlich bemerkte ich, dass er nach Babypuder roch. Seit wann riechen Männer nach Babypuder? Er drehte meinen Kopf nach links, nach rechts, und dieser unverkennbare süßliche Geruch wurde immer deutlicher, dabei sah Josef keinesfalls so aus, als ob er grade vom Wickeln käme. Interessant, stellte er schließlich fest und ließ mein Kinn wieder los, fast wäre es runtergefallen, denn ich hatte instinktiv nachgegeben und meine Position gelockert, was tut man nicht alles für den guten Eindruck. Wie alt, fragte er in die Runde, dann rauschte er aus dem Raum, gefolgt vom Dramaturgen, der leise auf ihn einredete, während Eddie verstohlen an seinem Ärmel herumklopfte, und da sehe ich, dass es ein kleines bisschen aus dem Stoff staubt.

> nextGirl:
> Bevor das hier noch zu einer feindlichen Blogübernahme wird: Geht doch selbst auf Instagraphy und fotografiert eure schönsten Teller mit Erbrochenem. Man hört ja auch, dass Abführ-

mittel hoch im Kurs stehen sollen, damit der Bauch schön flach ist. Das Verschwinden muss man üben.

Eddie will mit mir auf eine Party. Ich habe allerdings keine Lust: will nur angeben mit mir. Ich rede mich auf die Schule aus, das geht immer, und auf meine Mutter natürlich, auch wenn das eher peinlich ist. In Wahrheit fängt sie vor lauter Stolz an zu strahlen neben mir. Das ist dann erst recht peinlich, wobei immer noch weniger, als wenn sie sich in meinen Blog einmischen würde, alles schon passiert. Feldzüge gegen die *lovely haters* der eigenen Kinder. Blogmäßige Tenniseltern. Und dazu gehört sie wirklich nicht, sie summt zukunftsfroh vor sich hin, sagt, toll machst du das, und ist viel zu sehr mit sich selbst beschäftigt, um sich Sorgen zu machen.

Bianca:
Er mag dich, sagt Eddie. Ja, entgegne ich dümmlich, was soll man dazu schon sagen. Eddie steckt mir einen Zettel zu, als ich gehe, und das ist nun wieder so was ganz Spezielles: er fragt nicht nach meiner Nummer, schickt keine SMS; erst viel später habe ich begriffen, dass das nur der Ausdruck seines kleinen privaten Verfolgungswahns ist. Keine elektronischen Spuren, wenn es sich irgendwie vermeiden lässt.

nG:
Hat er auch wieder recht.

Bianca:
In diesem Moment dachte ich mir nichts dabei. Später betrachtete ich den Zettel immer und immer wieder,

eine zerknüllte und dann geglättete Supermarktrechnung, auf deren Rückseite Eddie etwas in seiner entgleisenden Schrift geschrieben hatte, nur für mich.

> nG:
> Den persönlichen Kommentar, den Ausdruck der eigenen Meinung, sagt mein Vater, wirst du dir nie sparen können. Das merkt er jetzt? Wem sagt er das? (Denk dran: Immer schön den Kopf über Wasser halten.) Die könnte man dann gesammelt herausbringen, sagt er. Sagen kann man viel.

17.9.

Heute fühle ich mich schlaff. Viel zu früh aufgestanden. Habe mir jedenfalls gestern eine ganze Staffel meiner Lieblingsserie gegeben. Welche? Wüsstet ihr gerne. Jedenfalls ohne Blutsauger, versoffene Kommissarinnen oder depressive Chirurgen in Scheidung.

Und außerdem wird meine kleine Cousine bei uns abgeliefert, und die nimmt alles mit einer Unmittelbarkeit in Angriff, die ich mir zum Vorbild nehmen sollte. Für die Dinge, die Lara in Angriff nimmt, ist die Unmittelbarkeit vielleicht weniger schön, aber was macht sie schon kaputt? Einen Bucheinband, ein Zeitschriftencover, schon schlimmer für jemanden wie mich, doch was ist das im Verhältnis zum Zugewinn an Erfahrung? Nichts. Lala putt macht, sagt sie dann und grinst fast wie meine Mutter. Diese Freude an der Entdeckung der Welt ist nicht zu überbieten. noGirl heute.

Bianca:
Die Agenturchefin versprach dranzubleiben. Zuvor wurde ich Josef noch einmal vorgeführt, er erschien wieder deutlich hinter der Bugwelle aus vorauseilendem Wispern und ließ sich schwer in seinen Stuhl fallen, wie beim letzten Mal, diesmal mir zugewandt, betrachtete mich zumindest ein bisschen, während er ununterbrochen redete, in langen geschwungenen Sätzen. Ich dachte mir, dass das Gewicht seiner neoklassizistischen Ausschmückungen Josef noch erdrücken wird. Klein ist er ohnehin. Im Vergleich zu mir hat er napoleonische Ausmaße. Ich frage mich, ob er sich eine Wohnungseinrichtung in entsprechend kleinerem Maßstab anfertigen hat lassen.

Ein Assistent, ein anderer diesmal, reichte ihm das allerneueste elektronische Spielzeug, hauchfein und aus Titan oder Iridium, wer weiß. Hatte er nicht was von Verstrahlung gesagt, und davon, dass man sich die Unerreichbarkeit hart erarbeiten müsse? Das Privileg der Könige: Unerreichbarkeit. Stimmt ja gar nicht.

Josef versenkte sich eine Zeit lang in den Anblick des Bildschirms, dann stieß er einen spitzen Schrei aus, der einen zweiten Assistenten und den Dramaturgen auf den Plan rief. (Steve behauptete übrigens später, ein Freund von Eddie zu sein, was ich ihm nicht glaubte.) Ich stand schon wieder da wie ausgesetzt, jemand bearbeitete meine Haare, und ich bemerkte, dass ich keine Ahnung hatte, um wen es sich dabei handelte. Nicht einmal, ob eine Frau oder ein Mann hinter mir stand, hätte ich sagen können, dabei waren da sicher Hinweise in der Haltung, der körperlichen Präsenz, den Ausdünstungen, den Pheromonen, die ich einwandfrei zuordnen können müsste. Da hörte ich eine Frauenstimme sagen: Wir heiraten nächstes Jahr. In Südafrika. Ich sah wieder das Bild von Haar-Make-up vom letzten Mal vor mir, natürlich war sie das. Stevie sagte: Ist das die Möglichkeit!, doch damit meinte er nicht die Heiratsabsichten der Frau hinter mir, schmal, jetzt fiel es mir ein, knabenhaft, mit dunkler Brille und kantigem Kinn, ungeschminkt, für ihre Profession überraschend uneitel, könnte man sagen, wenn die Nacktheit des Gesichts nicht auch eine sehr snobistische Variante der Eitelkeit darstellen könnte. Stevie kommentierte irgendetwas, das Josef von sich gegeben hatte, so leise, so unterschwellig, dass ich nichts verstand, obwohl doch meine Empfangssysteme auf Josef ausgerichtet sind wie alles hier.

Also ich kann die Schwulen nicht verstehen, die unbedingt heiraten müssen, sagte der Momentan-in-der-Gunst-Stehende. Wieso auf einmal dieses Spießertum?

Sieh an. Wie wohlerzogen. Ich betrachtete ihn, so gut mir das möglich war, auch er schmal im schmalen Anzug, kantige Schultern, gab es hier irgendetwas, das nicht schmal war? Dieser junge Mann hatte vielleicht eine etwas zu ausgeprägte Nase, um makellos zu sein, jedenfalls verleugnete er seine Interessen, denn als Josefs Juniorpartner hätte er offenkundig durch eine solche Transaktion nur gewinnen können. Ganz im Gegensatz zu Josef, der wusste das und sagte: Damit auch Schwule ihre Scheidungskriege haben können, natürlich.

Wir lachen alle plangemäß, doch es hilft nichts. In den nächsten Tagen stockt die Sache. Die Agenturchefin zieht die Brauen hoch: Was hast denn du gemacht, Mädchen? Ich? Gar nichts. So sieht es aus, sagt sie.

nextGirl:
Diese handlichen Textbausteine sind nichts als der Versuch, eine unmittelbare Welterfahrung zu erfassen und festzuhalten, aber manchmal habe ich das Gefühl, dass da was verloren geht auf dem Weg, dass es nicht mehr den ersten Eindruck ausdrückt, dass die Sprache sich quer legt, zu viele Filter anwendet, und sie werden mehr. Nur weil ich mir bei jedem einzelnen einmal klar gemacht habe, dass er seinen Zweck erfüllt im Umgang mit der Außenwelt. Allerdings kann ich mich oft nicht mehr an den Grund dafür erinnern.

Ich muss aufhören mit solchen Abschweifungen, die wirklich nirgendwo hinführen. Zumindest nirgendwo hin, wo ich hin will.

> Bianca:
> Zwei Wochen später trafen wir uns beim Riesenrad. Das war es, was auf dem Zettel gestanden hatte: Riesenrad, später? Wir gingen auf ein Bier, das heißt, Eddie trank das Bier, ich: Wasser, was sonst.
>
> Das Wetter war immer noch schön für die Jahreszeit, zweite Oktoberhälfte, die Bäume leuchteten und die Wespen stürzten sich in den Schaum, und auch zwischen Eddie und mir schwebte diese taumelige Stimmung, in der ich nicht sagen kann, ob der andere mir gefällt, das heißt, das weiß ich schon, aber ich bin mir nicht sicher, ob ich das auch will. Die Sonnenbrille stört mich, doch die Gläser sind nicht völlig blickdicht, kein semipermeabler Brillenspiegel.

Ich wusste auch nicht, wie es denn wäre, wenn ich tatsächlich zuließe, dass er mir gefällt, wie es wäre, etwas davon zu zeigen, wie viel ich zeigen könnte, wie viel zu viel wäre und zu verpflichtend, möglicherweise, oder womöglich auf mich zurückfallen könnte, alle diese komplizierten Abwägungen, die man da vornimmt. Über all der Unsicherheit, die mich nichtsdestotrotz bis ins Mark berührt, vergesse ich meinen Hunger, nein, ich spüre keinen mehr, und im letzten Moment, bevor ich den Blick zur Seite rette, irrlichtert etwas in dem seinen, der, ja, zärtlich, anders kann man es nicht sagen, mein Gesicht abtastet. Zärtlich, aber doch mit einer gewissen Bereitschaft zu fordern, mit einer Forderbereitschaft, die mir gefällt, weil ich gefordert werden will, ich dummes Mädchen, angefordert wie ein Amazon-Paket mit vertraglich zugesicherter Rückgabeoption. So dass ich sicher bin, dass es ihm ebenso geht wie mir. Aber was weiß ich denn, wie ein Mann fühlt. Wie überhaupt jemand anderer fühlt.

Das war dann aber alles, was an diesem Nachmittag passierte. Wir verabschiedeten uns kusslos, nicht einmal ein Kuss, was komisch ist, denn wenn die Kamera zwischen uns steht, kennt er nichts, und ich gehe selbstverständlich professionell aus mir heraus. Du musst das Spiel mit der Kamera spielen, hat der erste Fotograf meines Lebens gesagt, bevor er sie wieder eingepackt hat. Spielen! Verstehst du?

Doch an diesem Nachmittag waren wir auf einmal beide schüchtern.

14.9.

Jetzt im Herbst gehe ich gerne in kleine Geschäfte und suche nach Hüten. #Hut. Dies wird jetzt meine offizielle Würdigung von Frau Piaggi, wurde auch Zeit.

Sollte ich ihr aufs Grab legen, hätte sie sicher gefreut. Nicht dass ich sie gekannt hätte, aber sie war schon sehr speziell, fast könnte man sagen, ein role model, wenn man heute noch sowas wie ein role model brauchen könnte. Josef war natürlich dort, hat aber keinen Hut mitgenommen, kein Ungetüm mit Kirschen und Uhren und Augen und allem, was sie sich so auf den Kopf gesetzt hat. Schneekugeln und Schwertlilien und Legomännchen vielleicht. Eine Miniatureisenbahn. Das Spielen kann man mitnehmen in die Erwachsenenwelt, das habe ich von ihr gelernt. Spielen geht auch noch auf dem Friedhof. Keine Angst vor Peinlichkeiten!

Hüte haben schließlich eine Funktion: Sie schützen das Gehirn, halten die Welt ein bisschen auf Abstand. Und falls einem doch der Himmel auf den Kopf fällt, landet er wenigstens weich. Außer vielleicht, wenn man an fliegende Spaghettimonster glaubt und Nudelsiebe trägt.

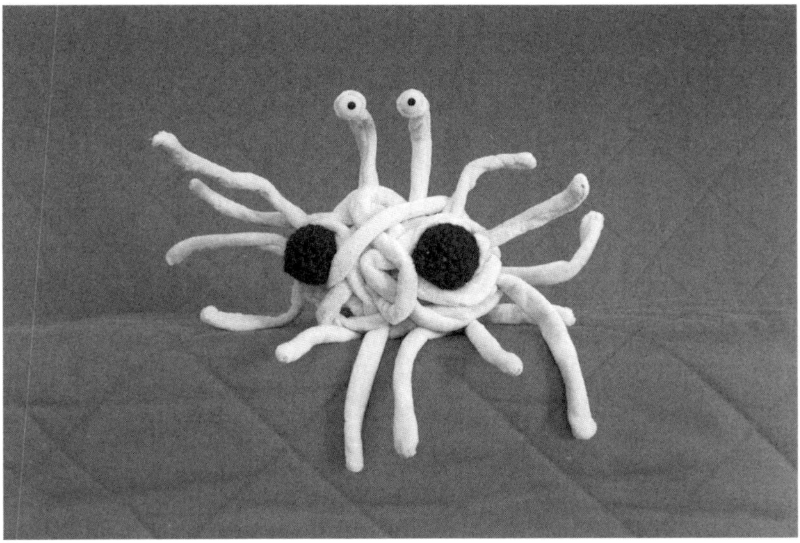

(Einwurf, jetzt, falls das hier in näherer Zukunft keiner kommentieren will, mach ich es halt selbst): Wenn man sich's genau überlegt, ist das doch eine interessante religiöse Alternative zu den gängigen Marktführern. So ein fliegendes Spaghettiknäuel lässt sich gemütlich anbeten und tut auch sonst niemandem was. Ganz im Gegensatz zu diversen anderen Göttern. Wobei mir ja vorkommt, dass es zwei sind, eine innige Zweieinigkeit vor dem Fernseher, und die sagen: Du sollst kein Bild machen!

Wer spielt, hat alle Zeit der Welt. Zumindest glaubt man das beim Spielen: und hinterlässt keine sichtbaren Spuren. Nur leere Luft, wenn auch ein bisschen angebraucht. Zeit verspielt, wie schön! Und wieder stehe ich vor der Frage, was ich mit meinem Leben eigentlich tun will, und ob das hier schon ein Tun ist. Was überhaupt ein Tun ist. Wie man aus sich selbst heraus die Kraft holt, um das zu entscheiden. Meine Mutter sagt, da solle ich mir mal keine Sorgen machen. Aber meine Mutter ist ein hoffnungsloser Fall. Ich meine, mein Vater hat sie verlassen, um mit einem Mann zusammenzuleben, und sie glaubt immer noch an Familie.

Ihn habe ich übrigens nie gefragt, wie das für ihn so war. Er ist immer da, wenn ich ihn brauche, das ist die Hauptsache, und nicht ganz so peinlich optimistisch wie Mama, wenn sie mal wieder vor sich hin träumt. Es war seine Idee, dass ich Josef vom Museum erzählen sollte und von den Plänen für die Neugestaltung, da denkt er wirklich mit. So gesehen sind wir eine richtige kleine wunderbar funktionierende Familie, auch wenn Mama und ich nun schon seit (muss nachrechnen:) bald sieben Jahren alleine wohnen, zuerst in einem Hochhaus, an das ich mich kaum noch erinnere; außer dass ich am Parkplatz Radfahren gelernt habe, das weiß ich noch. Dann in einer Altbauwohnung, klein, doch ein großes Wohnzimmer, ein zweites Zimmer, das mir gehörte, und dann noch eine winzige Kammer, in der sie schläft, das ist das Einfachste, sagt sie. Doch es gibt einen riesigen Dachboden und einen Garten, in dem sie Zeug anpflanzt. Familiengeschichten sind aber eher nichts für dieses Format.

Ich will ein spezielles Leben, nur für mich. Auch wenn ich das später – wie komisch das klingt: später – vielleicht nicht mehr verstehen werde. Wollen das denn nicht alle? Was Spezielles? Und wem gelingt es? Ich meine, man muss sich doch nur umsehen. Was die dann alle erzählen. Wie die sich rechtfertigen. Hätte, könnte, wollte. Ich will jedenfalls den Spieltrieb pflegen, bis ich umfalle, diese ganze unproduktive Seite, wie sie sagen. Oder vielleicht gelingt es mir, aus dem Spiel ein Leben zu machen? Die Frage ist doch nur, wie. In: Hüten, Bergen, Eisenbahnen, Kurzfilmen. Kurzfilme. Ich plane da was am Dachboden. Oder beim Programmieren von Indiegames, das muss gut sein, sich eigene Spiele zu basteln.

Josef tut das: baut sich die eigene Spielwelt. Sagt er jedenfalls. Irgendwie ist er auf mich aufmerksam geworden, schon vor der Modeschau mit seiner Meisterklasse. Hat mich eingeladen. Dann ging alles sehr schnell, überhaupt irre, die Schnelligkeit, mit der die Dinge sich manchmal entwickeln. Was Neues. Plötzlich mittendrin, und manchmal sogar froh, wenn wenigstens einer von beiden dabei war, peinlich, aber egal. Dann habe ich nachher jemanden zum Reden, der genauso überrascht ist, dass wir das wirklich erlebt haben. Oft hat Mama eh nicht Zeit, viel zu beschäftigt mit ihren Diensten. nG

> Bianca:
> Wirklichkeit: Beim Nichtstun blieb es nicht lange. Am Abend stand er auf einmal vor der Tür. Ich öffnete, und er steht da und weiß nicht, wohin mit seinen Händen, weiß auch nicht recht, was er sagen soll. Lächelt so ein nettes schiefes Lächeln, das in seiner Gesichtshaut schon beträchtliche Falten wirft, die mir in dem Moment aber gefallen, jede einzelne, als wäre er so ein gewichtiger älterer Herr, Sympathieträgerarzt aus einer Werbung für Zahnpasta oder Ernährungszusatz, die Banktypen sind ja etwas in Verruf geraten, und all das ist Eddie nicht. Er ist Anfang dreißig und hat was Flackerndes. Ich berühre seine Bartstoppeln mit einer Fingerkuppe, die sie betörend kitzeln, und frage mich dabei, woher er meine Adresse hat. Der Rest: nicht eben ungewöhnlich, aber doch schön für ein erstes Mal. Eine schöne leise Annäherung, nicht zu leise natürlich, aber das geht nur mich und ihn was an. Ist ja ein ausgewachsener Mann, Eddie, kein ungeduldiger Knabe, der möglichst schnell alles richtig positionieren muss, be-

vor er platzt. Eddie weiß, was er mit seinem Körper machen kann, wie er Finger und Zunge nutzbringend einsetzen kann, und das gefällt mir ganz ungemein. Und dass er nachher sofort einschläft, noch ehe wir Kindheitserinnerungen austauschen können, gut, das sehe ich ihm nach. Hätte eh nicht viel zu erzählen. Die Kindheit ist ein Feld, das ich lieber unbeackert lasse, da soll schön alles in Ruhe vor sich hin wuchern, ich werde nicht hinsehen und lieber einen Bretterzaun zimmern. Auch wenn dahinter nichts Ungewöhnliches wächst, nur die üblichen kleinen Alltagstraumata. Was beneide ich dich, neuestes Mädchen, dass du so frei damit umgehst.

So kann ich ihn wenigstens mit Zärtlichkeit betrachten, während ich froh bin, dass er nicht sieht, dass mir die Augen rinnen (wegen des Waschmittels, eine sehr heikle Sache bei mir, die Wahl des richtigen Waschmittels), und er daliegt und schläft im Licht des Laptopschirms. Ich kann nichts dagegen tun, ich muss an seine Zunge in diversen Körperöffnungen denken, vor allem dort, wo, wie sie sagen, the sun don't shine, die Sonne nicht hinkommt, ganz im Gegensatz zu ihm. Verkrampf dich nicht, hat er gesagt, und ich habe mein Bestes versucht, aber jetzt, wo ich mich erinnere, bin ich entspannter als in dem Moment, als ich wirklich seine Zunge um den gerippten Hautring fahren spürte, den ich mir immer vorstelle wie einen Turnbeutelverschluss; jetzt im Rückblick kann ich es erst richtig auskosten, und zum Glück sieht mich niemand, sieht niemand mein abartiges Lächeln, wobei, da fällt mir ein, das muss ich mir merken, abrufen und reproduzieren bei der nächsten Gelegenheit, das macht sich sicher gut. Ich weiß doch, wie ich mich verkaufen muss. Befruchtung, könnte man sagen, wenn das nicht so furchtbar abgegriffen männerzentriert wäre.

Turnbeutelverschluss: Das erinnert an den Geruchsschwall, der aus Turnbeuteln so aufsteigt, wenn man sie öffnet, nein, daran will ich jetzt wirklich nicht denken. Macht ja alles kaputt.

(Rein von der Sprache her liegt diese Passage weit unter jeder providerseitigen Alarmschwelle. Wenn sie jetzt nicht gelöscht wird, dann ist sie auch noch nG-approved, nicht dass ich mich zensieren lassen würde.)

nG:
Wär ja noch schöner.

9.9.

Gestern hatte ich ein nettes kleines Gespräch mit Bianca und Eddie, hier die *verschriftlichte* Version. Im Verschriftlichen bin ich mittlerweile wirklich gut, die Tonspur des Videos ist irgendwie suboptimal: dasistkeinblog.com/tags/underwater. Keine Ahnung warum. Blöd, denn wer will schon lesen, wenn es einen Livemitschnitt gibt? Ganz ein anderer Grad von Authentizität.

nextGirl: nG
Eddie: E
Bianca: B

Das Anfangsgeplänkel lasse ich weg, so von wegen, der Dachboden wäre doch so ein hübscher Ort und ich so auf Zack für mein Alter und soweiter. Immer mein Alter!
nG: Euch kann man ja mittlerweile als Trademark bezeichnen. Wie habt ihr das hingekriegt?

E: Nun, das ist eigentlich sehr schnell gegangen.
B (gleichzeitig): Nein, wenn ich ehrlich bin, muss ich sagen, dass es gedauert hat.
E: Gedauert?
B: Bis ich wirklich bereit war, mich mit dir zu treffen.
E: Ach so. *Lacht.*
B: Ja, tut mir leid. Und das, obwohl du wirklich gut aussiehst. Die erste große Ausnahme von der Fotografenregel.
E *lacht und wirft die Haare zurück.*
B: Was da für Prachtexemplare frei herumlaufen, habe ich damals allerdings noch gar nicht gewusst.
E: Jetzt mach aber mal einen Punkt.
B *sieht Eddie lange an*: Das würde zu weit führen. Jedenfalls: Er hat mir Zettel zugesteckt, bei einem Shooting.
nG: Zettel?
E. Ja.
nG: Was stand da drauf?
Wüsstet ihr jetzt sicher auch gerne. Verrät euch Bianca vielleicht noch einmal.
B: Jedenfalls dachte ich, naja, o.k.
E: Naja, am Anfang.
B: Aber nett sieht er aus. Ein bisschen Härte in den Wangen, und gar nicht unterspritzt (*drückt auf die Eddies Wangenknochen*). Vielleicht verliebe ich mich ja noch, wer weiß.
E: Ja, sicher. Kann passieren.
B: Ich bin da vorsichtig.
E *murmelt etwas wie*: Ich lass euch Mädels jetzt besser allein. *Ab.*
Cut, cut. Fortsetzung B/nG.
B: Ich habe mich schon an unseren Paaranblick gewöhnt.
nG: Ihr passt gut zusammen.
B: Er hat immer an meinen Haaren geschnüffelt. Du riechst nach Wohnheim, hat er gesagt.

nG: Wohnheim? Das klingt wie Kaufgeschäft. *Lacht.* Parkgarage. Da frage ich mich immer: Ja, was denn sonst?
B: Natürlich war es eine WG, die Eddie scheußlich fand. Und ich war eh schon dabei auszuziehen. Endlich eine eigene kleine Wohnung, jetzt lief es ja besser.
nG: Du untertreibst. Ein Cover nach dem anderen. Den Durchbruch hast du entweder gleich oder gar nicht.
B: Wenn du das sagst.
nG: Siehst du das anders?
B: Keine Ahnung. Jedenfalls hatte Eddie in gewisser Weise recht.
nG *setzt sich auf den verlassenen Platz, um das Bild auch ohne Eddie ins Gleichgewicht zu bringen. Dass mir das erst jetzt einfällt!* Womit?
B: Na, er schob mich vor seinen riesigen Schlafzimmerspiegel, stellte sich hinter mich, hob meine Arme, so wie bei dem dämlichen Titanic-Schlussbild, das kennst du sicher?
nG: Ja, sicher. *Kichert. Muss ich zugeben, ihr könnt es ohnehin selbst überprüfen. Hätte ich schneiden können, aber: Authentizität, Leute!*
B: Schau her, hat er gesagt, diese durchsichtige Haut. Diese hellen Augen, das außerirdische Gesicht. Das wirst du nicht verschwenden wollen. Nutz die Zeit. Und überhaupt, wo Josef dich mag. Doch, wirklich, sagt er. Da kann man schon was draus machen.
nG: Und dann entstand die legendäre Unterwassersession?
B: Genau.
nG: Wie?
B: Er stand da und überlegte. Er runzelte die Stirn und strich die Haare hinters Ohr, du kennst das ja bei ihm.
nG: Ja, wenn er was ausbrütet.
B: Los, zieh das aus, sagt er und zeigt auf meinen Großraumwohnpullover. Er rennt also ins Wohnzimmer, ins Schlafzimmer, was weiß ich wohin noch, so genau habe ich das nicht gesehen. Ich glaube, ich habe in der Zwischenzeit meine Haare in der Mitte geteilt und zu Hörnern gedreht, während

er herumrennt und irgendwelche begeisterten Kommentare ausstößt. Dann kommt er zurück, Polsterüberzüge, Decken, Männersachen in den Armen, wirft sie hin, zieht etwas hervor, und beginnt, mich darin einzuwickeln. Siehst du nicht, was das für ein Potential hat, fragt er. Doch, ich sehe es.
nG: Du bist aber wirklich ganz ungewöhnlich schön. Manchmal gruselt's mich, wenn ich Fotos von dir sehe.
B: Hm.
nG: Das Gesicht so nackt und tierisch. Menschlich und tierisch. Und dabei war das lange vor der – wie sollen wir das nennen, Deformation?
B: Transformation.
nG: Lange vor der Transformation.
B: Und ohne Make-up. Damals noch ein Thema. Als ob es das Schlimmste wäre, was einem Körper zustoßen könnte, ohne Make-up-haut zu sein.
nG: Nein, geht gar nicht. *Lacht.*
B: Jedenfalls hat er mich angesteckt. Er bewirft mich mit Stoffteilen, ich drapiere sie auf mir, oder mich in ihnen, bei manchen muss man echt bis zum Äußersten gehen, das Innere nach außen, damit es zur Geltung kommt, das Hosenbein als Ärmel, das zweite um den Hals, der Zipp an der Kehle.
nG: Und das Ergebnis war der Durchbruch. Mit das Beste, was ihr je gemacht habt.
B: Sag sowas nicht. Ich hoffe doch, dass wir immer noch Besseres zustande bringen.
nG: Sowieso, werdet ihr, da bin ich ganz sicher. Jedenfalls ist diese Underwater-Liebe grandios. Du mit Anemonenhaaren.
B: Das hat jedenfalls bewiesen, dass Eddie keinen Stylisten braucht. Dass er das selbst am besten kann.
E *kommt vom Zigarettenholen oder so, umarmt B von hinten*: Du und ich, sollte man sagen.

6.9.

Jetzt haben sie mir doch glatt die Seite gesperrt, wegen eines einzigen Fotos! Zappenduster plötzlich. Naja. Da wird der Bildträger abgestraft, das ist Netzlogik! Egal.

Ich bin wieder hier, hier und jetzt, das ist das Einzige, was zählt. Wenn mir nur nicht mittendrin der Saft ausgeht. Überhaupt das Drama des zeitgenössischen Menschen: Der Akku hält nicht, was seine Lebensdauer verspricht. Wenn es dem Laptopschirm auf einmal das Licht ausbläst, das Wurmloch sich plötzlich schließt, das kleine private Einstiegsloch in das Innere (Äußere?) dieses wurmstichigen Hyperraums. Das Kaninchenloch, durch das ich zu gerne falle. Eine Katastrophe. Ich meine, ich habe sicher noch irgendeinen stylischen Schreibblock hier vergraben, aber wo bleibt die Reichweite? Nein, solche Grauslichkeiten wollen wir uns gar nicht vorstellen. Stattdessen sonne ich mich lieber im Fensterleuchten vor mir. Und hoffe, dass die ganze Debatte Blogs versus Magazine noch viele schöne Blüten treibt, an denen ich dann herumretuschieren kann. nG

> Bianca:
> Die Anemonengeschichte muss ich noch zu Ende bringen: Eddie holt also die Kamera, sein Stativ und zwei Standscheinwerfer, die den Raum ausleuchten wie die Lichtkegel eines Forschungs-U-Boots. Und mich, die Molluske, doch das wusste ich zu dem Zeitpunkt noch nicht. Die Frisur, sagt er, so wird das nichts, und rennt schon wieder weg, um mit einer kleinen Dose in der Hand zurückzukommen. Da, sagt er.
> Was ist das?, frage ich.
> Rasierschaum.
> Was soll ich damit?

Mensch, versucht er sich in breitestem Norddeutsch, bist du schwer von Begriff? Schmier's dir in die Haare!
Rasierschaum? Eine Rasur?
Nein! Jetzt ist er so richtig aufgeregt und fast schon barsch, knete es hinein, ich habe nichts Besseres, das wird so richtig spacig. Ich sprühe mir also den dicken Schaum in die Hand, knete mir Korallenarme aus den Haaren, die ich in die Höhe wachsen lasse. Doch der Schaum ist viel zu weich und hält das Gewicht der Strähnen nicht, sie sinken langsam ab, während meine Kopfhaut zu jucken beginnt. Macht nichts, sagt Eddie und zieht die Schaumwülste wieder nach oben. Wird die Zeit eben zum gestaltenden Faktor. Du hast attitude, sagt er. Zusammen schaffen wir das, du wirst sehen.

nG:
So ist es. Das Molluskenbild …

Und zum Thema Geschäft: Josef korrigiert sich, nach dem Gebrüll on/offline: Frauen sind das Wichtigste in seinem Leben überhaupt, sonst würde er doch nicht Mode für sie machen, alles dreht sich bei ihm um Frauen, Frauen sind das Beste, was ihm in seinem Leben je passiert ist.

3.9.

Manchmal frage ich mich wirklich, was ich hier tue: jeden Tag etwas festhalten. Und es sind nicht nur die Hundstage im August, wenn die Kampfposter durchdrehen, dass mir Zweifel kommen. Hundstage: ein wunderschönes Wort, da fallen einem doch gleich städtische Schwimmbäder mit fetten Schnitzelfressern und Hundehaufen vor den Zäunen ein, samt den Besitzern der Hundehaufenproduzenten, die einen anfauchen, wenn man ihren Tierchen aus dem Weg gehen will. Nein, das ist es gar nicht.

Ich sage mir jedenfalls, dass das Festhalten der Dinge an sich einen Sinn ergibt. Muss so sein, sonst wäre ja die ganze schöne Journalismusbranche überflüssig. Dann muss das für uns erst recht gelten, für zeitnah agierende Augenzeuginnen wie mich, noch dazu, wenn sie mittendrin sind, surplus +extra+. Ich berichte stets in Echtzeit aus der Mitte des Geschehens. Ich weiß schon, jetzt kommen wieder die Oberschlauen, die sagen, dass so ein Blog keinerlei Qualitätskriterien unterworfen ist, im Gegensatz zu journalistischer Arbeit. Ja, sage ich, eh, aber dafür der Crowdclouddichte! Der Schwarmdummheit! Ich unterwerfe mich hiermit allen Qualitätskriterien, die mir so einfallen, versprochen, werte Followerinnen und Follower. Doch mir reicht das trotzdem nicht. Ich weiß, dass ich mich bewegen muss, und ich werde mich bewegen. Nicht nur von einem Tag zum anderen.

Brühwarm aus der Maske: was die »Mädchen« so machen, in Warteposition. Furchtbar auch, dass man die so nennt, Geschlechtszuordnung, Altersbestimmung als Berufsbezeichnung. Aber nachdem es alle tun, tu ich es eben auch. Auch wenn die meisten älter sind als ich. nG

ExterneExpertin:
Eine neue Sprache muss her, meine Rede!

nG:
Ja, eine eigene kleine Privatsprache wäre nett, hätte praktisch aber gewisse Nachteile.

ExterneExpertin ((ex)^2):
Schon versucht?

nG:
Die Referenz von Zeichen und Bezeichnetem unterliegt einer Konvention, such das mal. Ist ja logisch, sonst bricht der Kommunikationsweg zusammen wie der Funkverkehr bei einem heftigeren Sonnensturm.

$(ex)^2$:
~~Der Rest:~~ .

2.9.

Natürlich gibt es Gerüchte, die gibt es immer. Gerüchte, die mit Fotografen und Handtüchern zu tun haben, Bianca wird davon gehört haben, aber sie lässt sich nicht aus der Ruhe bringen. Das bewundere ich an ihr.

Was soll man machen, so ist das Geschäft, sagen die Leute. Die Models kommen und gehen. So sagt man das. Je neuer, desto besser, und es gibt immer eine Neuere. Bianca hat Glück, die hat eine echte Nische gefunden, und in der ist sie Alleinherrscherin. Aber mehr ist es auch nicht. Hält nicht ewig vor. Neue Gesichter, sagen sie, frische Gesichter sind immer gefragt, und die Körper stehen schon Schlange. Die kann man im Vorbeigehen benutzen, und niemand protestiert. Die Mädchen nicht, denen hält man Coveroptionen vor die Nase, die dann leider, leider zusehends an Wert verlieren. Die Crew schon gar nicht, die Stylistinnen und Kameraassistenten wollen schließlich auch nachgefragt werden. Die halten die Handtücher bereit. Unser Geschäft basiert auf dem Handel mit ansehnlichem Bildmaterial, sagen sie dann. Oder so. Also meines nicht. Nicht, dass ihr denkt. Ich schreibe das hier ohne Gewinnoption.

Apropos (#Handtuch), hier eines der berühmten Handtuchbilder (die weißen Flecken auf der Stirn):

Removed due to copyright infringement.
(*Automatische Übersetzungsfunktion*: Zurück bewegt aufgrund vom Kopierrecht Einfransung)

Nicht mit mir. Ich weiß, auf welcher Seite der Kamera ich stehe. Gestern im Hauptabendprogramm schon wieder so ein Film, in dem eine skrupellose Zwölfjährige auftaucht – angezogen in dem 90's-Stil, der im Moment ja wieder so im Kommen ist, der mindestens zweite 50's-60's-70's-30's-in70's-Interpretation-40's-in-80's-Interpretation-puristische-new-wave-80's-nerd-90's-Revival-Durchgang, an den ich persönlich mich erinnern kann, und ich bin eindeutig ein Kind des dritten Jahrtausends, egal, wäre Thema für einen eigenen Blogeintrag, mach ich vielleicht bald. Die skrupellose Zwölfjährige verfolgt jedenfalls einen unschuldigen ausgewachsenen Mann – mindestens mittelalt, 40 oder ärger –, um ihn in den Untergang zu stürzen. Weil wir so sind, wir kleinen Mädchen, muss in den Genen liegen. Ich frage euch: Wer glaubt eigentlich diesen Blödsinn? Und warum wird das ewig wiedergekäut? Außer darum, weil es sich eben verkauft, Kunststück, und warum verkauft sich das so gut? Na, weil die Theorie so einfach ist, was sonst.

So schön einfach wie das Wort Schändung. Immer beliebt: Kinderschänder. Schändung heißt ja eindeutig, dass jemand geschändet wird, die Schande bleibt kleben, und zwar am Opfer, nicht am Täter. Der Täter hat interessanterweise keinerlei Schande auf sich geladen, die lässt er samt den Spuren der Vergewaltigung am Opfer zurück, das sich dann schämen kann aufgrund der Schande, an der es irgendwie selbst schuld sein muss, sonst wäre es ja keine Schande. Eine Opfer-Täter-Verkehrung, die sich in Unschuld gewaschen hat. Zum Kotzen.

Die ewige Altersgeschichte: Keiner will alt werden, da hilft es vermutlich, wenn man sich einreden kann, von einer Zwölfjährigen verfolgt zu werden. Wahrscheinlich werden sie deshalb so gerne verheiratet. Josef sagt, das Altern ist eine Beleidigung, die niemandem erspart bleibt. Und irgendwann steht einem die Option nicht mehr zur Verfügung, sich in jungen Jahren umzubringen. Ich widerspreche ihm da nicht, wer bin ich denn? nG

Weisenrat:
Was ist gegen das Sich-Fithalten einzuwenden?

Sabine, Presse und Medien, Paradise Agency:
Gegen die Pauschalverurteilung einer ganzen Branche verwehrt sich die Paradise Agency auf das Schärfste. Im Zentrum der Geschäftsgrundsätze der Paradise Agency OEG steht das Wohl unserer Klienten, in deren Auftrag wir nicht nur die Geschäftsanbahnung betreiben, sondern selbstverständlich auch für die Bereitstellung der nötigen Infrastruktur wie Unterbringung, Catering, Work-Life-Balance-Angebote etc. sorgen, was eine professionelle und kundenorientierte Ernährungs-, Fitness-, und Wellnessberatung ganzheitlich einschließt. Basis der Geschäftstätigkeit der Paradise Agency sind selbstverständlich unsere Klienten, da dies aufgrund des marktüblichen Anforderungsprofils zwangsläufig die Grundlage unserer wirtschaftlichen Gebarung sein muss.

Jede entgegenstehende Behauptung zieht rechtliche Schritte nach sich.
Mit freundlichen Grüßen!

nG:
Sicher. Ich habe nie nicht was anderes gesagt, und Namen sind dabei schon gar keine gefallen.
Und danke auch für den Hinweis, dass Tralala kein männlicher Vorname ist. Wird notiert und festgehalten.

29.8.

Nun zu dieser anderen Sache: Ich widerrufe also, hab mich geirrt, wie dieses eine Interview beweist. Josef sagt, dass alle Welt weiß, dass er sich nicht für Frauen interessiert, egal wie jung sie sind. Nicht die Bohne! Dass also alle diesbezüglichen Vorwürfe aus der Luft gegriffen sind und falsch. So, jetzt weiß die Welt das, dokumentiert und festgehalten.

Nur ein dokumentiertes Leben ist schließlich ein Leben. Das Öffentliche ist privatisiert, das Private öffentlich, und alles zusammen absolut unpolitisch. Das Politische staut sich derweil unter dem Teppich, sagt Mama, da kann man schon ins Rutschen kommen. Und ich sage, aber Muttern, nicht so midlife-depressiv, ich halte eh schon alles fest, was sich festhalten lässt.

Irgendeinen Halt braucht der Mensch, das habe ich schon verstanden. So wie meine Mutter ihre Dienste und mein Vater seinen Schreibtisch. Und Manuel. Meine morgendliche Fingerübung, na gut, vormittägliche, zum Beispiel: Schuhe. Schuhe sind immer gut, treffen direkt ins Herz. Jedenfalls immer heftige Aktivität bei dem Thema. Kommentare werden gerne entgegengenommen, postet nur ruhig weiter, liebe Leute, das kann einen echt weiterbringen, irgendwie muss man sich ja fortbewegen, und Schuhe braucht man dafür meistens auch.

Ich kenne da zwar einen, der den ganzen Sommer barfuß durch die Stadt läuft, hat aber nicht allzu viele Follower. Abdrücke hinterlässt er auch nicht, höchstens in Hundehaufen. Schuhe sind immer ein lohnendes Thema, sofern es nicht halbe Rehstelzen sind, auf denen man balancieren möchte. Sehen aber geil aus. Da hat sich jetzt eine Argumentationslinie verabschiedet, keine Ahnung welche.

Zum Glück kann man ja im Bankfach dokumentieren, wenn man so eine alte Schulbank hat, und online gehen und dabei unschuldig auf die Tischplatte starren und die Inschriften früherer Generationen lesen (von einem, der in alter Zeit hier gewohnt hat). Die haben eine Öffentlichkeit, die sich auf zufällig am selben Platz Sitzende beschränkt:

WER NICHT ALT WERDEN WILL,
MUSS SICH JUNG AUFHÄNGEN. T 93.

Daneben ein Galgenmännchen. Als ob der Galgen tröstlicher wäre, wenn man ihn mit einem Strichmännchen versieht. Die Frage übrigens, ob T diese Maxime auch befolgt hat, muss leider unbeantwortet bleiben. Auch ob T männlich oder weiblich war oder irgendetwas dazwischen, wissen wir nicht.

Man könnte aber ein bisschen Statistik betreiben:

Die: Therese, Tanja, Tilda, Tusnelda, Tundra
Der: Tobias, Thomas, Thaddäus, Tobit, Timothy, Tristan, Taliesin, Titus, Tassilo, Tengil …

Sieht schlecht aus für die Frauen. Oder eher gut.

Jedenfalls ist es gut möglich, dass die Nachricht noch immer existiert, während T das längst nicht mehr tut. Was von meinen Nachrichten wohl eher nicht zu erwarten ist. Gedankenexperiment: Angenommen, ich sterbe morgen, gut, dann gibt's auf Fakebook eine kleine unautorisierte Erinnerungsseite, obwohl ich ja selbst nie drauf war, ein kleines Trauergezwitscher, hoffe ich wenigstens. Aber wie lange bleibt das aktuell, #nextgirlsdead? Und meine schönen Blogeinträge? Selbst wenn Josef mit seiner Buchidee kommt, der glaubt aber nicht im Ernst, dass ich seinen Namen dafür brauche. Und schon ist es draußen. nG

Bianca:
Keine Sorge, das bleibt unter uns. Weshalb so morbid heute? Irgendwas schwer Verdauliches gegessen?

nextGirl:
Ah ja, und eh ich es vergesse: Dieses Skelettthema schlägt ein, unglaublich. Die Interpretation so klar, abstrakt und dabei gar nicht Geisterbahnsensenmann, was ja bei dem Motiv nur allzu leicht passieren hätte können. Nächstens mehr. Zum Thema Jenseits: Transit!

Bianca:
Transsibirische Eisenbahn!

BlaueRaupe:
Tretmühle, Traube, Trantüte, Turbulenz und Tabea

nG:
Tasmanischer Tiger, Tanker, Taliban, Tralala, Troll, Tellerrand, Trauerfall

25.8.

Bevor da einstweilig verfügt wird, ganz was anderes.

Ich frage mich, woher diese geflügelten Engelsköpfe kommen, Köpfe, wohin man sieht. Garnieren beispielsweise ein Portrait der Königin des Punk. Königinnen, Henkerskarren, Fallbeile, eines führt zum anderen, weiß auch nicht, warum. Selbst ohne Kinderköpfe, aus deren Hals goldenes Blut fließt.

Der König: ein Pariser Auslaufmodell, schöner altmodischer Ausdruck: Auslaufmodell. Eindruck: Einlaufmodell. Doch freut euch nicht zu früh. Für jeden toten König wächst ein Kaiser nach, doch, ich habe aufgepasst. Als ob der Kopf mal eben runterfallen könnte und dann wächst einfach ein größerer nach. In Frankreich hat man mit den Köpfen experimentiert: Dreißig Sekunden nach der Enthauptung reagieren sie auf Zuruf durch Heben der Augenlider, doch, ehrlich: de.wikipedia.org/wiki/Guillotine. Guten Abend, Herr König, gut Nacht. Damals ging die Sache noch schnell, heute wird langsam und ungeschickt abgesäbelt, kann man sich alles ansehen, da bleibt keine Frage mehr offen. Demnächst live und mit Publikumsvoting: Ihr persönlicher Schlachtverein.

Der König ist also Geschichte, sage ich zu Josef, der gerade die Textur eines Brokatstoffs kontrolliert, jedes Detail, sagt er, muss stimmen. Dann erzählt er davon, dass er in seinen Anfangszeiten selbst beim Bügeln Hand angelegt hätte, man darf sich nie zu gut zum Handanlegen sein! Dieser Perfektionismus ist Teil seiner Genialität, Perfection, sagt er, is my middle name. Ich sage, und was bekommt man statt dem König: einen prunksüchtigen Kaiser. Er lacht, das ist gut, sagt er.

Ich freue mich und laufe zu Höchstform auf: Der neue Kaiser lässt sich dann sein Wohnzimmer gestalten wie die Mutter aller Spielkasinos oder Filmbordelle, wie aus so einem putzigen Gangsterfilm. Aber das hilft nicht viel. Irgendwann stürmen sie das Beduinenzelt oder sie ziehen dich aus deinem Erdloch und erschießen dich, zumindest, wenn du Glück hast. Und meistens ist es ja das nächste Umfeld, dass dich am Ende der Meute zum Fraß vorwirft, kleiner Mord unter Freunden, Sie verstehen. Müssen die eigene Haut retten, nix für ungut. Josef lacht noch viel mehr. Ich erzähle dir die Geschichte vom Karpatenkaiser, sagt er, mal sehen, ob ich sie noch hinkriege:

Es war einmal der kleine Nikolai
Großmächtiger Karpatenkaiser.
Vom Redenhalten wurde er ganz heiser

Dann bleibt er hängen. Egal, sagt er, jedenfalls endet es mit dem Prunkpalast, *Protz- und Prunkpalast*, in dem man heute Vatikanfilme dreht. *Filmgesicht des Vatikans*, irgendwie so, *Papst statt kleiner Kaiser*. Von einem rumänischen Freund, auch schon tot. Das ärgert mich jetzt aber wirklich, sagt er:

Es war einmal der kleine Nikolai
Großmächtiger Karpatenkaiser.

Vom Redenhalten wurde er ganz heiser
Und herrschte nur durch seine Polizei.

Dann fehlt mir der Mittelteil, sagt Josef, das Ende:

Sein stadtteilgroßer Protz- und Prunkpalast
Wird nun als Filmgesicht des Vatikans
gebucht, mit falschem Papst statt kleinem Kaiser.

Und so, zufrieden, dass ihm das doch wieder eingefallen ist, nickt Josef mir ernsthaft zu und zieht sich zurück.

Vatikanfilm ist übrigens auch ein Genre, das immer gefragt ist, so lange es Dan Brown gibt. Auf die Drehgenehmigung vor den herrlichsten Motiven Pjöngjangs müssen wir noch ein wenig warten. nG

nextGirl (hat ihren eigenen Eintrag kommentiert):
@Bianca: Was ist, kein Kommentar? Ich bin enttäuscht. Verschwörung? Zeitsprünge? Dan Brown?

Bianca:
Da kriege ich Gänsehaut. Übrigens –

nextGirl:
Hätte mich auch sehr enttäuscht, wenn dir dazu nichts eingefallen wäre.

Bianca:
Irgendwann um die Zeit herum –

nextGirl:

Welche Zeit?

Bianca:
Unterbrich nicht andauernd:

Irgendwann um diese Zeit fing das mit den Allergien an, lästig zu werden.

Nicht nur Lösungsmittel, Waschpulverbestandteile, Pollen, Erdbeeren. Dann noch Milchprodukte, als ob ich um die nicht ohnehin schon längst einen weiten Bogen gemacht hätte. Eis, wer denkt denn an sowas? Die rotgeränderten Augen nahmen überhand, und Eddie sagte am Morgen, dass ich mich zurichte, als sei ich einem Werwolf zum Opfer gefallen, mein Werwolf, sagt er. Jedenfalls: ein ästhetisches Desaster.

Und dann: Hoch das Kinn, die Halslinie ist das Wichtigste (und dort sitzen dann die juckenden Stellen, fest haben sie den Hals im Würgegriff). Gut ist auch, wenn du dich selbst ein bisschen schmäler machst. Fragiler. Der Kopf muss allerdings schön oben bleiben, man will dich schließlich anbeten können. Nur eine Pose, die schmerzt, ist eine gute Pose, und dabei muss sie aussehen, als täte sie nicht weh, als käme sie ganz natürlich über dich, so einfach aus dem Innersten.

22.8.

Themenwechsel: Im Übrigen bin ich der Meinung, dass Edward Cullen ein verklemmter Haustyrann ist. Wovon wir so träumen sollen … nG

Bianca:
Vergiss diese Vampire, sowas von Schneeweißheit von gestern. Es gab eine Zeit, da fehlte mir Eddie. So schnell, nicht zu fassen. Wundersamerweise hatte er Recht behalten, Josef buchte mich. Stevie fuhr mich an, ich solle besser aufpassen, da hatte ich mir gerade vorgestellt, Eddie stünde hinter mir, und schon durchzuckte es mich freudig. Ja, sagte ich, ist ja gut. Bin ganz bei der Sache, war nie woanders. Wir sind alle so nett und tun unser Bestes.

nextGirl:
Persönlich meint sowieso nie irgendwer irgendwas böse, ist euch das schon aufgefallen?

Zumindest das allermeiste ist nicht böse gemeint, manches sogar einfach gut, will ja jeder gemocht werden, wir sitzen alle erstaunlich allein auf unseren kleinen privaten Inseln und hoffen, von zufällig vorbeiziehenden Schiffen entdeckt zu werden. Manchmal stehen wir auch und wedeln molluskenhaft mit den Armen, wie eine fleischgewordene Flaschenpost.

Bianca:
Jedenfalls: Das Gekitzel der Make-up-Frau hörte plötzlich auf. Musste mich anstrengen, nicht zu niesen, denn wenn man niest, kann sie von vorne anfangen. Sie hatte Verschattungen unter den Augen, ich bemerkte erst jetzt, wie geschickt die Brille gewählt war, deren unterer schwarzer Bogen die dunklen Halbkreise kaschierte. Heroin, Kokain, Amphetamin oder ganz was anderes? Heroin ist weich, Kokain ist hart. Daran, wie sich die Leute einrichten, erkennt man, was sie nehmen: Plüsch ist Heroin, Edelstahl Kokain.

In Südafrika macht man nicht nur so Halbheiten wie bei uns, in Südafrika kann man richtig heiraten, sagte die Make-up-Beauftragte. Es dauerte, bis ich begriff, dass sie sich immer noch an ihrem Lieblingsthema abarbeitete. Wie oft hatte sie das schon erzählt? Oder handelte es sich um ein spezielles Geplänkel zwischen ihr und Stevie? Hatte Stevie sie einmal verlassen, und sie bewies ihm, dass er ersetzbar war, und zwar durch eine Frau? Oder war er ein abgelegter Günstling Josefs, den sie damit ärgerte, indem sie ihm ihre glückliche Beziehung unter die Nase rieb? Ich betrachtete Stevie, der sich an meinen Stiefeln zu schaffen machte, seine kurzrasierten Haare zeigten eine kleine daumennagelförmige Narbe am Oberkopf, seine Bewegungen waren vielleicht ein bisschen fahriger als beim letzten Mal. Er sog hörbar Luft durch die Nase ein, richtete sich auf und wies mich an, mir ein breites Lederkollier um den Hals zu legen, das er so eng zurrte, dass ich protestierte.

Übrigens, so nebenbei: Am zweiten oder dritten Morgen fragte mich Eddie (so glücklich eingeschlafen, so haltlos, so still, dass ich seine leicht geschwollenen Lider ansehen kann, und ich hoffe, dass ich mich diese Nacht beherrschen kann und mich nicht kratze), ob er gut küssen könne, und ich frage mich, was ich da getan habe, ob ein Mann, der ernsthaft eine solche Frage stellt, in sich so – wie soll ich sagen – ruhig und sicher ist, dass er für mich von Bedeutung sein kann. Unsicher bin ich selbst, und was will ich: Halt, von dem ich andererseits weiß, dass ich ihn mir nur selber geben kann. Weswegen sonst wären meine Fingerkuppen wund. Doch ich bin schon viel zu tief drinnen, um mich von solchen Überlegungen davon abhalten zu lassen, hineinzustolpern in diese wunderbare selbstgestellte Falle, die Verliebtheit heißt. Ich denke mir, dass ich die letzten Monate, nein, Wochen davor bereit gewesen bin, mich zu verlieben, in stiller Warteposition, bis ein geeignetes Objekt vorbeikäme, über das ich meinen Verliebtheitsmantel werfen könnte. So wie das Mädchen in diesem einen Märchen die Brennnesselhemden über ihre Schwanenbrüder wirft, um ihnen ihre menschliche Gestalt zurückzugeben, schon angesichts des Scheiterhaufens übrigens. Wir müssen immer wen verbrennen für die Gemeinsamkeit. Und jetzt eben dafür sorgen, dass Eddie der Mantel passt.

> nextGirl:
> Fleischgewordene Flaschenpost. Wie hat irgendwer je auf etwas so Hoffnungsloses wie eine Flaschenpost kommen können? Und was heißt überhaupt Fleisch im Zusammenhang mit Weichtieren? Haben Mollusken Fleisch? Sind das überhaupt Tiere oder mehr so zwischen Tier und Pflanze hin und her mäandernde Lebensformen, ungreifbar und unzuordenbar wie ihre äußere Erscheinung? Unsinn. Jede Existenz ist zuordenbar heutzutage. Wo sind wir denn?!

> > Postpost (Flaschenpost):
> > Was wäre, wenn die Pflanzen überhand nehmen? Sagen wir, die Pflanzen verbünden sich auf einmal mit den Fleischfressern: Lasst uns diese Parasiten loswerden. Die Fleischfresser,

nicht grade die Hellsten, steigen darauf ein: Wir halten euch das Grünzeugknabberwild nur allzu gern vom Pflanzenleib. Pflücken es ab und fressen es weg. Entsprechend dem Haizyklus sterben die Jäger gleich nach der Beute. Die Pflanzen bleiben alleine übrig und müssen sich gegenseitig das Wasser abgraben. Geh mir aus der Sonne, sagen die Gräser zum frischbelaubten Unterholz.

Medusenhaare sind nichts anderes als herausquellende Gehirnwindungen, die den Rahmen sprengen, denn der Kopf ist längst zu klein für so verschlungene Gedankengänge, Reizweiterleitungen.

22.8. (mostly deleted version)

Einmal muss ich Stellung beziehen: Es war bei der Haute-Couture-Herbstpräsentation. ~~Auch wenn der Mensch vor Shows angespannt ist~~

~~und ich eine informelle Preview bekomme, noch vor der Chefredakteurin des Magazins Ichnennjetztkeinennamen (alles noncommercial hier, nicht so wie andere mit ihren productplacements und hinterhältigen cookies), an dem Josefs Dachholding Mehrheitseigentümerin ist, um ihm mein unverfälschtes Feedback zu geben, geht sowas gar nicht. Da sagt Josef nämlich plötzlich zu mir, Storchenkind, weißt du, wie süß Kinderscheiße ist? Nennt mich sein Kinderarschlöchlein. Die Handfläche staubt. Bruch: klareindeutig.~~

Bianca:
Unsinn. Wegen einer dummen Bemerkung? Glaub ich nicht. Und hinterhältige Cookies können ganz was Feines sein.

12.8.

Die Idee, etwas Lebendiges zu konservieren, gefällt mir irgendwie, so pervers sie auch ist. Sobald du etwas konservierst, ist es tot, das ist das Dumme dran. nG

Bianca:
Die Sache war auch schnell wieder vorbei. Gegessen. Mit meinem Aussehen ging es rapide bergab in den nächsten Wochen, auch Eddie fiel das auf. Immer mehr Sachen, auf die mein Körper allergisch reagierte, während ich versuchte, mich zu schonen und sparsam, aber gesund zu essen, und was man sonst noch so macht in Warteposition. Die Nägel, Handpflege, Fußpflege, das ist ganz wichtig, dass ein Mädchen gepflegte Füße hat, sonst fragt womöglich noch so eine Kreativdirektorin oder Agenturfrau oder was weiß ich, ob du dir die Füße das letzte Mal vor *Nineeleven* hast machen lassen, und lacht über ihren eigenen Scherz. Das mit den Füßen ist mühsam. Die Füße tra-

gen dich und schwellen und laufen Gefahr, Blasen zu werfen und Hornhaut auszubilden, die man abschälen muss, weiß der Himmel, warum. Dann begann es auch noch zwischen den Zehen zu jucken.

Es war klar, dass ich was unternehmen musste. Ich suchte ärztliche Hilfe. Bekam Tabletten, homöopathischer und konventionell-pharmazeutischer Art. So kann das nicht weitergehen, sagte die Agentur, ich kaute gerade an Kurkuma herum. Die hatten allerdings auch einiges verbockt. Ich nahm morgens und abends kalte Bäder. Paris schien nicht wirklich was gebracht zu haben, auch wenn Eddie davon schwärmte, wie Josef von mir geschwärmt habe. Immerhin schaffte ich es einigermaßen souverän, zu den wichtigen Partys eingeladen zu werden.

Eine Ärztin fragte mich, ob ich bereit sei, Mutter Erde anzurufen. Das war ich natürlich. Warum nicht. Wirkungsloser als die bisherigen medizinischen Hilfestellungen konnte es auch nicht sein, Mutter Erde in unseren Kreis zu bitten. Die Ärztin stieß einen Klangkörper an, verbeugte sich und wählte aus den Fläschchen, die in einem weiten Bogen vor ihr aufgereiht waren, zwei aus, die sie mir hinhielt. Ich wusste nicht recht, was von mir erwartet wurde, dann musste ich niesen, und das Niesen erstickte den schwebenden Gongton, der Mutter Erde bei Laune halten sollte.

Da war ich reif für die Wurmkur. Und irgendwas muss man ja nehmen, um dieses penetrante Selbstbewusstsein überzeugend darzustellen, das man zum Überleben braucht.

> nextGirl:
> Ja, manchmal lassen sie dich verdammt schnell fallen, das könnte einem Angst machen –

ExterneExpertin:
Aber immerhin hatte da jemand vorher einen ordentlichen Hype.

nextGirl:
Einen Namen!

Bianca:
Wie man's nimmt. Und glaube ja nicht, dass dir das was hilft. Das zeigt dir nur, dass du ohne die anderen gar nichts bist. Da sollte man denken, dass all die Aufmerksamkeit, die man schon bekommen hat, aufsummiert eine Rückendeckung ergibt, nein, einen gestärkten Rücken vielleicht, sodass man den Abstieg besser durchsteht. Ist aber ganz falsch.

nextGirl:
Nein, langsam glaube ich, dass es vielleicht sogar umgekehrt ist. Je mehr du dich an die Aufmerksamkeit gewöhnt hast, umso schlimmer fehlt sie dir: nur noch 30.000 gehobene Däumchen in zwei Tagen, stell dir nur vor! Jedenfalls habe ich damals, als es mit deinem Verschwinden anfing, begonnen, mich zu fragen, warum. Wie das mit dem Verschwinden geht. Und wer diese Bianca ist.

Bianca:
Jetzt weißt du es.

8.8.

Papas Freund kocht wieder einmal total fraktalen Romanesco (mag ich aber nicht, also das Fraktale schon, sollte man mal an Stoffstrukturen ausprobieren, oder hat schon wer?).

Papa legt Würmer ein, zumindest glaubte ich das lange Zeit. So heißt das natürlich nicht, es handelt sich um *Feuchtpräparate*. Diese ausufernden Weichtiere in den alten Präparationsgläsern haben mich immer beeindruckt, gefangene Mollusken, die sich zu befreien versuchten. Ich bin mir nämlich ziemlich sicher, dass ich sie als Kind bei ihm gesehen habe. Als er woanders hinzog. So haben sie es genannt, dass er nämlich nur woanders schläft, mich aber jede zweite Woche von der Schule abholt. (Meine Mutter hat mich meist alleine heimgehen lassen, die war da viel entspannter.)

Das hat er auch gemacht. In seiner neuen Wohnung stand ganz sicher nicht nur einmal so ein Wurmglas, ich habe mich gewundert, dass das Tier da hineingekrochen ist. Heute habe ich ihn wieder nach diesen Präparaten gefragt, und er sagt, ich muss mich täuschen, nie, niemals würde er so ein historisches Gefäß unnötigen Belastungen aussetzen und nach Hause mitnehmen. Außerdem natürlich verboten. Nein, undenkbar, ganz und gar. Er lacht sein freundlichstes Lachen, und ich denke mir, dass ich trotz allem Glück habe mit meinen Eltern, das ist ja schon was. Als ob dich das je interessiert hätte, sage ich, dass etwas verboten ist. Er entgegnet, dass ich ihm da unrecht täte, so schlimm wäre er nun auch wieder nicht. Dabei war er es, der *Verbieten verboten* gesprayt hat, weiß ich genau.

Bianca:
Ja, da hast du echt Glück mit deinen Eltern, beneidenswert. Und wie fröhlich deine Mutter ist nach einem Nachtdienst, nicht zu fassen. Als ob ihr die Arbeit richtig gut täte.

nextGirl:
Themenwechsel …

Bianca:
Wenn wir schon auf den Wurm gekommen sind: Ich wurde jedenfalls mit Parasiten besiedelt. So heißt das,

und es bringt angeblich das Immunsystem auf Trab. Wurmeipulver hat die Konsistenz von Waschmittel, von Ovomaltine. Ich war, wie gesagt, zu einigem fähig, um meine Karriere wieder in Schwung zu bringen. An dieser Stelle hätte ich mich anders entscheiden können. Ich hätte meine Ausbildung wieder aufnehmen können. Ich hätte eine berühmte Mathematikerin werden können, das war irgendwann einmal der Plan, glaube ich. Die Wahrscheinlichkeit wäre allerdings ungleich höher gewesen, mich am Ende als Mathematiklehrerin wieder zu finden, und das wäre nun wirklich schrecklich. Aber auch das ist eine Ausrede. Ich konnte mir nichts anderes vorstellen, als dort weiterzumachen, wo ich nun einmal angefangen hatte, in der Spur zu bleiben, ich wollte Erfolg. Ich ging auch ganz brav auf Partys, während ich noch braver die Wurmeier schluckte. Die Nase schwoll ab, ein-, zweimal Binge-Eating und Finger in den Schlund, gebe ich zu. Aber nicht öfter, denn das lässt den Hals schwellen und macht die Zähne kaputt, kann ich nicht brauchen. Ganz abgesehen davon, dass man aus dem Mund riecht. Mundgeruch kann man aber wenigstens nicht sehen.

Woher der Ehrgeiz kommt? Am Anfang nimmst du's spielerisch, und kaum hast du die wichtigsten Regeln erfasst und versuchst, die nächsten zu begreifen, wird dir klar, dass es dich gepackt hat, dass du nicht mehr selbst bestimmst, ob du mitmachst oder nicht. Du bist Teil geworden. Das Regelwerk wächst in dich hinein, und du ordnest dich allem unter, was so von dir verlangt wird: Entweder geht es gleich, oder es geht gar nicht. Du bist jetzt sofort und auf der Stelle das nächste Essentielle, an dem man nicht vorbeikommt, ha:

Du bist sofort und auf der Stelle
Das nächste wirklich Essentielle!

nextGirl:
Das Wort zum Sonntag! Muss ich mir merken.

Bianca:
Lass das lieber.

5.8.

Kurz aus dem Urlaub: Noch habe ich das Konzept *Schuljahr* vor mir, nicht mehr lange, zum Glück. Mit einer aufsteigenden Hälfte und einer absteigenden, die so in den Sommer rutscht. Die Schulstruktur also ein umgestülpter Spring-Summer-Fall-Bogen? Oder steigt das Jahr samt Stimmungskurve doch zum Sommer hin an, während man im Herbst so auf den Winterschlaf zuschlittert, in dieses Feiertagsloch zwischen den Jahren, wo man dann paralysiert herumliegt? Luft raus, ein einziges Ein- und Ausatmen?

Doch ich werde euch nicht mit Schulsachen langweilen: Never smile before Christmas, sagt die Englischlehrerin, und ich versuche diesen Spruch an Josef. Nicht dass Weihnachten für ihn irgendeine Bedeutung hätte. Wie ihm das auf die Nerven geht, sagt er, und dann macht man am Schluss doch jedes einzelne Mal wieder mit. Never smile before Präsentation of Fall/Winter. Herbst ist nämlich die ernstzunehmende Jahreszeit, die, in der es wirklich zur Sache geht, und zwar showmäßig im frühen Frühjahr. Auch wenn Josef sagt, die Jahreszeiten sind so out of time. Noch ist ab den Frühjahrskollektionen im Herbst alles auf den nächsten Herbst im Frühjahr ausgerichtet, eine einzige Zeitumstülpung das Ganze. nG

Bianca:
Ja, und wenn man die Zeit so umstülpt, schüttelt die ganz zwanglos die Frage nach der Zeitumkehrinvarianz aus dem umgedrehten Ärmel.

Man buchte mich wieder (im realen Leben vergeht die Zeit in eine recht eindeutige Richtung). Die neue Agentur abwartend positiv, jetzt kriegt die Sache einen Drive, sagten sie. Ich bewunderte das Resultat meines Durchhaltevermögens, drei Wochen Wurmeier auf nüchternen Magen! Plötzlich kommt mir vor, da rührt sich was an der Schläfe. Da zuckt etwas. Ganz sacht nur, aber ohne mein Zutun, ungesteuert. Eine Nervensache, keine Frage, ich greife danach und denke: viraler Infekt, partielle Gesichtslähmung, kommt alles vor.
Kürzlich ist einer Kollegin sowas passiert, ihr hing plötzlich der Mundwinkel herunter, weiß nicht mehr, ob es der linke oder der rechte war, ist auch egal. Nach zwei Wochen war es vorbei, aber den Job hatte ich, so kann es gehen, und ich fragte mich, ob ich mich angesteckt hätte. Ich griff also hin und spürte nichts als die ganz normale nachgiebige verletzliche Schläfenmulde, durch die man so einfach zu töten ist. Als wäre ein Blatt draufgefallen, während des Drachenblutbades, fallendes Herbstlaub, und ich dachte darüber nach, warum Siegfried von seinem Freund verraten wurde, immer ist es der beste Freund, und warum diese ganzen germanischen Helden überhaupt so hinterhältig und verschlagen sind.

Ein bisschen zu weich ist die Mulde vielleicht, ich drücke hinein, vorsichtig, und wundere mich noch, warum der Körper solche Verteidigungslücken zulässt. Ich drücke, und als ich den Finger wieder löse, geht die Schläfenmulde mit, wächst, wie aufgeweckt von meinem panischen Schrecken, zu einem Schläfenhügel, so könnte man es nennen. Ich massiere das Gewebe wieder hinein: der Hügel verschwindet. Ich sage, es war nichts. Es kann auch nichts gewesen sein. Auch wenn das aufgeregte Pumpen meines Herzens noch eine ganze Weile bis in die Knie zu spüren ist. Das war das erste Zeichen, das ist mir mittlerweile klar, aber ich hatte keine Lust, es zur Kenntnis zu nehmen. Eine Zeit lang ging das ja auch ganz gut. Eddie war unterwegs, und so kam ich nicht einmal in Versuchung, ihm davon zu erzählen, denn einmal ausgesprochen, wäre die Sache manifest geworden.

nextGirl:
Wer soll sich da noch auskennen? Bei all den umgepolten Gravitationsrichtungen und Zeitpfeilen.

22.7.

Herzlichen Dank auch für die wohlmeinenden Tipps bezüglich meines Körpers! Nach dem letzten Eintrag hab ich glatt eingreifen müssen. Brüste! Da steht den Kampfpostern der Schaum vorm Mund, nicht zu fassen. Und dass man nur die schönen sehen will. Die geben der Sache hinterher noch doppelt recht. Hab ich also zensiert wie blöd, tut mir leid, Leute, aber das ist gute Zensur!

Dabei wollte ich mich heute um ganz was anderes kümmern: ums Sichverlieben. Ich verstehe nicht, warum es so wichtig sein sollte, sich zu verlieben. In eine andere Person. Als könnte man sich niemals, unter keinen Umständen, selbst genug sein. Gut, natürlich gibt es Pheromone und genetische Programme, keine Frage, aber das erklärt nicht, warum rund um mich von nichts anderem mehr geredet wird. Da kriegt man Zahnschmerzen und Bauchweh. Oder die Songtexte! Warum geht es da nicht einmal um Dinge, die wirklich interessant sind, statt immer nur um Liebe, da wird man ja ganz weich im Hirn. Um Arbeit, wenn man denn eine kriegt, die Frage der Gestaltung des eigenen Lebens, das, was man daraus machen will. Um das, was man versucht darzustellen, in den eigenen Augen und denen der anderen, innen vs. außen, sowas eben. Statt dessen: Zuckerguss und Liebe. Mama hat zwei Wochen lang geweint. Sie hat gedacht, ich merke es nicht, und manchmal habe ich mich zu ihr gelegt und sie getröstet. nG

Bianca:
Das ist so eine Sache. Nicht nachvollziehbar. Von außen nicht und von innen schon gar nicht. Mir fehlte zum Beispiel Eddie. Er war in Australien, um mit Josef so eine Aborigines-Story zu machen, ganz was Heißes, hatte er gesagt, was ihm dann peinlich war. Natürlich Skype und so, aber die Stimme doch verzerrt, Bild stockend, der Hyperraumhintergrund rauscht. Das eigene Bild in der Webcam, was die Sache auch nicht besser macht.

nextGirl:
Ja, immer vernebelt, von unten geworfene Schatten, die dich aussehen lassen, als ob du in einer elektrischen Nebelsuppe stehen würdest, aus der fahles fluoreszierendes Licht kommt. Und dort stehst du ja auch. Ziemlich krank. Als Profilbild nicht zu gebrauchen. Statt dessen lieber: mein heutiger Entwurf für unsere Hyperraumumgehungsstraße. Auf Papier.

Bianca:
Ich fühlte mich krank. Mir war schlecht, ich hatte

Schluckbeschwerden, das Gefühl, dass es im Mund zu eng war, kein Platz, und der Geschmack auf der Zunge war schrecklich. Was dazu führte, dass ich abnahm, auch kein Schaden, man ist nie dünn genug, ich glaube, das sagte ich bereits. Übrigens: Musst du dir deine Songtexte eben selber schreiben.

nG:
Wie schmeckt überhaupt der eigene Mund? Ist der nicht eigentlich das Maß aller Geschmäcker, der absolute Nullpunkt, von dem aus die anderen bestimmt werden?

Bianca:
Außer er schmeckt nach Krankheit.

nG:
So wie Wasser? Oder kann mir wer sagen, wie Wasser schmeckt?

BlaueRaupe:
Nach absolut nichts.

nG:
Eben. Das kann doch nicht stimmen. Ich bin sicher, eine, sagen wir, Motoröl trinkende Lebensform würde den Geschmack von Motoröl als absolut neutral bezeichnen.

Bianca:
Sieh mal unter *Titan (Mond)* nach: *Nach neuesten Forschungsergebnissen wäre jedoch auch Leben auf der Basis von kurzkettigen flüssigen Kohlenwasserstoffen (z. B. Methan) denkbar.*

Weisenrat:
Motoröl statt
Liebesgefühl!

nG:
Keine Lyrik
nach 17 h!

Weis
enrat
:
Freih
eit für
Poesi
e und
Pos-
tings!

20.7.

Was ist in einem Blog? Das sollte ich fragen, aber nicht zu laut. Was die eigene Existenz eigentlich ausmacht, und ob das Festhalten von Momentaufnahmen einer äußeren Wirklichkeit das Leben irgendwie wirklicher macht, wirklicher als wirklich, reell real.

Ob ich mir damit beweisen kann, dass ich wirklich hier bin? Mein gestriges ICH sagt zu dem von heute: Siehst du, ich kann beweisen, dass ICH WIRKLICH HIER war, ich habe extra für dich meine STATUSMELDUNG abgesondert, sieh mal einer an, damit du dich nicht auf dein Gedächtnis verlassen musst. Oder darauf, dass du etwas erkannt hast in der Zwischenzeit oder gar schlauer geworden bist. Denn das wäre doch etwas viel verlangt, dass man Tag für Tag ein Stückchen weiterkommen sollte, sodass das Vergehen der Zeit von alleine ein Mehr an Erfahrung mit sich bringt. An erlebten Ereignissen, ein Ereignismeer. Das ist dann rückwirkend ein Maß für die Zeit? Am Schluss machen wir dann einen Auszug aus all den ICHs, das wird dann schon anerkannt werden als Beweis dafür, dass dieses ICH wirklich da war, mittendrin geschwommen ist in diesem Zeitmeer und damit etwas angefangen hat. Doch mittendrin bin ich blind.

And now for: die Verwendung des eigenen Körpers, diesmal der nackten Brüste, als Poster, im alten Sinn, als Hintergrund für politische Sprüche. Ist aber sowas von last season, das ist ja fast so schlimm wie beim Colorblocking. Das Verpachten der Brusthaut für Werbebotschaften und Firmenlogos the next hot thing? Und ist ein nackter Körper mit Farbe auf der Haut überhaupt nackt? Es fühlt sich sicher immer noch nackt an, die Farbschichten jucken wahrscheinlich, wenn sie trocknen, doch ist es nackt? Und wie ist das mit Tatoos?

Dann diese Geisterfrauen, diese Frauen in sackartigen Gewändern mit Sehschlitzen: ganz ohne Gesicht. Verschwunden. Verschwundener geht nicht. Sonst kommt noch glatt so ein Kalifatssittenwächter mit umgehängtem Maschinengewehr und sagt dem Bruder, dass er seine Frau besser zudecken soll, weil sie doch keine Ware wäre, die man herzeigt. Nein, er hat recht, sie ist eine Ware, die man verpackt.

Beides macht jedenfalls aus der Bekleidung ein Statement, und da es hier doch um Mode geht, muss ich wohl die Frage stellen, was das bedeutet, dass die Verpackung des weiblichen Körpers so fundamental ist. Und politisch.

@Bianca: Körper, Einsatz, Werbeträger, na, lässt du dich nicht provozieren? nG

> Bianca:
> Den Teufel werde ich tun. Der Hörner hat wie ich. Aber das war ein langer Weg. Die Schläfe hatte sich beruhigt. Ich verstehe sowieso nicht, was mit der Knochenöffnung los war.
>
> Mein Bauch fühlte sich komisch an. Zuerst dachte ich natürlich an eine Schwangerschaft und rechnete nach. Menstruation hat allerdings kaum eine von uns, zu wenig Substanz, um da noch was abzustoßen, und sei es nur Schleimhaut. Tja, die Menarche kann ausbleiben, sagte der Frauenarzt, dann fing er an mit Essensplänen und dergleichen und dass das dauernde Einnehmen von Abführmitteln nicht so gut wäre.
>
>> nG:
>> Menarche: Klingt wie ein alttestamentarischer Stamm. Und wozu Abführmittel?

Bianca:
Schwanger war ich nicht, hätte mich auch gewundert. Schließlich folge ich dem Prinzip: Vertrauen ist gut, Präservative sind besser. Manchmal kann allerdings was schiefgehen. Und dann gibt es ja auch immer die, die den Gummi nicht vertragen und den ganzen Scheiß, und so hätte es am Ende doch immerhin sein können, dass ich in anderen Umständen bin, und das war ich auch, gewissermaßen.

nextGirl:
Noch einmal: Abführmittel? Für den flachen Bauch oder was? Wie deformiert ist das denn?

Bianca:
Weiß man doch. Das kriegt man in jeder Apotheke, sagst einfach, du müsstest zur Darmspiegelung, und schwupps, kriegst du das Zeug, sogar mit Zitronen- oder Bananengeschmack. Musst auch gar nicht soviel davon trinken, ein, eineinhalb Liter reichen locker.

nextGirl: Grausam.

Bianca:
Ich würde sogar sagen: nichteuklidisch. Vor allem die Banane.

nG:
Im Ernst, auch Blogs können Folgen haben. Kann man eine Kugel in den Kopf bekommen oder den Sacharow-Preis, also

nicht für Kommentare über Colorblocking, nehme ich an. Eher dann, wenn man für Schulbildung von Mädchen eintritt und am falschen Ort geboren ist. Diese Ungerechtigkeit der Ausgangslage könnte einen dazu bringen, sich vor Verzweiflung die Haare einzeln auszureißen, nicht dass das was helfen würde. Seltsam, diese panische Angst vor der denkenden Frau.

Gerechtigkeit ist mindestens so blind wie die Augen eines Enthaupteten, sage ich, und Mama meint, ich entwickle langsam einen komischen Sinn für Humor. Sie wird sich doch keine Sorgen machen müssen?

18.7.

Mein Körper tut manchmal auch, was er will. Vor der Mode kommt der Körper. Kippt der mir weg, ist einfach so unter dem Kopf davongerutscht. Blutdruck zu niedrig, kommt vor in meinem Alter, Körperumbau und so. Ich eh schon auf der Bank am Gang, weil ich gespürt habe, dass irgendwas nicht stimmt. Das Hässlichste daran war der Knall, der mich wieder aufgeweckt hat. Der Knall, mit dem mein Kopf auf dem Boden aufgeschlagen ist, die Nase voran, jetzt hab ich eine Quetschnase (nein, nichts gebrochen, aber weh tut sie). Das Bewusstsein verlieren: plötzlicher Einbruch in die völlige Wehrlosigkeit, Wehrlosigkeit allem gegenüber, also auch gegenüber dem Wunsch der Masse, der Schwerkraft zu gehorchen und in sich zusammenzusacken. Lehrkörper sofort da und Schulärztin und alles, aber der Schrecken bleibt, den der Nachhall des Knalls (der Knallnachhall) in meinem Kopfraum hinterlassen hat. Ein Augenblich der Bewusstlosigkeit und der Mensch verliert jede Kontrolle, wird zum Ding. Und dass dieses Ding dann einfach so dem Boden entgegenfällt und der es flachdrücken würde, wenn er könnte, pressen wie ein Blatt, das katalogisiert werden soll, das erschreckt mich von Grund auf. Hinterlässt einen komischen Geschmack in der Mundhöhle, im Mundhohlraum, der ja direkt unter dem Nasenhohlraum, und der wieder unter dem Kopfhohlraum liegt. Lauter hallende Räume im Knochenpalast.

Die Frage ist ja, wozu diese ganze Bloggerei gut sein soll. Statt über den Kopfhohlraum nachzudenken, könnte ich mich zum Beispiel beim Schminken filmen, wenn ich das könnte, und die Make-up-Videos ins Netz stellen. So Puppen-Mädchen sind derzeit sehr angesagt. Die Frage, die wir uns nämlich wirklich stellen müssen:

How to look like a doll?

Die Zeiten menschenähnlicher Puppen sind vorbei, nun dreht das Kinderzimmer aber mal den Spieß um! Oder es verkleidet sich als Mangahund, auch nicht schlecht. Süß, sagt dann das Hündchen und stopft sich den Mund mit einem Weichknochen, sehr dekorativ. Verwendet das eigene Gesicht als Bildhintergrund:

Iris, die Visagistin meines Vertrauens, die ich frage, wie man diese Suppentelleraugen hinkriegt, sagt, dass Josef der schüchternste Mensch ist, den sie je getroffen hat. Da bleibt mir glatt der Mund offen stehen, na, ganz so schlimm wird es nicht gewesen sein, hoffe ich. nG

Bianca:
Genaugenommen war ich in anderen Umständen. Sehr anderen Umständen. Ich konnte nun wirklich nicht mehr an der Tatsache vorbei sehen, dass etwas nicht stimmte. Mein Bauch wuchs trotz aller negativen Befunde. (Zum Glück für mich ist das hier eine Zeit, in der Schwangere gefragt sind – die erschreckende Niedrigkeit der Geburtenrate unter den autochthonsten Eingeborenen oder wie immer die schönste Umschreibung lautet, findet ihren Niederschlag in der immer wieder gern gesehenen Darstellung weißer praller nackter schwangerer Bäuche. Und das noch dazu ohne diese unangenehmen Nebenwirkungen, sagte Josef, der auf einmal wieder da war: ohne Hängebrüste und Schwabbelhintern. Nicht er, sondern ich. So in etwa drückte er sich aus, ich nickte.)

Nach der Sonographie die Magnetresonanz, da zeigte der Arzt bereits eine gewisse Unruhe. Ich muss sagen, dass es auch mir nicht gefiel in der Röhre, ich sah zum Licht am Ende des Tunnels jenseits meiner Füße – ich dachte an Leichen in Kühlkammern, deren Zehen in jeder Anatomieserie mit einem Nummernschild dekoriert sind, und fragte mich, ob man das tatsächlich so macht, auch hierzulande, als ich ein kleines Zittern in der Bauchdecke bemerkte. Mein Körper tat etwas, was er nicht tun sollte. Ich tat so, als wäre das nichts Besonderes. Die Grenzen des Alltäglichen lassen sich Tag für Tag verschieben. Offensichtlich beschränkten sich die Eigenmächtigkeiten auf den Bauch, zumindest dachte ich das damals. Im Übrigen war davon auszugehen, dass der Arzt die

Sache in den Griff bekommen würde. Beobachten, sagte er. Erst einmal.

Das sagte auch Eddie, der Arzt nahm ihn beiseite, während ich in einem Feng-Shui-adäquat gestalteten Warteraum vor einem Tischbrunnen saß und in Zeitschriften blätterte. Danach sprach Eddie von rechtlichen Schritten, ach lass ihn, sagte ich. Schließlich war es so leicht gewesen, die Wurmeier zu schlucken. Sie schmeckten ein wenig nach Orange und klebten volksschulmäßig an den Mundschleimhäuten. Prinzipiell sagte mir die Sache zu, das war ein Prinzip, das ich handhaben konnte. Du bist krank, also schluckst du was. Nicht kauen, nur schlucken. Und nicht mal bitter. Obwohl die Sache vielleicht effektiver wirken würde, wenn man wenigstens ein bisschen leidet, ein bisschen das Gefühl haben könnte, man müsste sich überwinden. Also bitte das nächste Mal beim Produktdesign eine Idee von krankheitsniederringender Bitterkeit berücksichtigen, man will ja was bekommen fürs Geld!

15.7.

Ist morgen geworden, also heute, bis ich mich wieder an die Tastatur setzen konnte. Ist ja immer heute. Wo auch immer das ist, hier und jetzt.

Lara hat natürlich alles ausgespuckt, womit ich sie zu füttern versucht habe. Ich habe mich gefragt, ob die Dinge für sie vielleicht anders schmecken als für mich. So wie mir ja bittere Sachen auch nicht schmecken und anderen schon. Oder Käse, diese Widerwärtigkeit, die mit der Zeit von alleine gehen kann. Ich weiß schon, dass der Geschmack daran angeblich mit den Jahren kommt, dass die Geschmackspapillen noch nicht ausgebildet sind, und überhaupt. Aber ganz überzeugen tut mich das nicht. Vermutlich kurbelt das Bittere das Immunsystem an oder irgendwas in der Art, ist ja meistens der Fall bei unangenehmen Dingen wie kaltem Wasser oder Schwitzbädern oder Zahnspangen oder Käse: kurbelt das Immunsystem an. Also Käse nicht. Wozu Käse gut ist (außer zum Haltbarmachen von Milchproteinen), weiß ich wirklich nicht.

Dann haben Lara und ich mit Farben herumgepatzt, so rotes Hausdach und blauer Himmel, grünes Gras und gelbe Sonne, wobei Lara sehr frustriert war, dass das Sonnengelb das Himmelblau nicht überdeckt, dann hat sie es noch einmal versucht und mit ihrer Spiegeleisonne begonnen und das Blau darum herumgemalt. Ich habe mich gefragt, woher ich eigentlich wissen will, dass das, was ich Blau nenne, für sie genauso aussieht wie für mich? Nur mal kurz angenommen, der Eindruck einer Farbe wäre für jedes Gehirn anders, ist ja denkbar, und das würde zumindest so manche Wohnungseinrichtungen, Fassadengestaltungen und Modekombinationen erklären. So wie sich ja auch die Farben eines Videostreams verändern können, wenn plötzlich irgendwas mit der Datenübertragungsrate nicht mehr stimmt und die Bildverarbeitung nachhinkt, als würde ihr plötzlich schwarz vor Augen. Also angenommen, das wäre so, wie könnte man das überhaupt feststellen? Wie kann ich überprüfen, ob mein Blau dasselbe ist wie das, was Lara „bau“ nennt?

Hier Laras Bild °_))

Nach dem ungefähr zehnten Sonnenporträt ist Lara endlich müde geworden, und ich habe sie ins Bett gebracht. Meine Tante war später nur leicht entsetzt vom Küchenchaos.

So, und jetzt die letzte Frage für heute: Wie ich so neben meiner Cousine liege und endlich ihren ruhigen Atem höre, die regelmäßigen Züge, die man nur im Schlaf haben kann und die anzeigen, dass die lebenserhaltenden Funktionen automatisiert ablaufen und das Bewusstsein sich um anderes kümmert, schließe ich die Augen und halte mir die Ohren zu, was ich dann wieder lasse, weil das so rauscht. Ich versuche zu spüren, wo das Denken in meinem Körper seinen Sitz hat. Ich meine, wenn man sich konzentriert, dann spürt man beispielsweise, dass es im Bauch arbeitet, dass dort die Verdauungsorgane ihren Dienst tun, das lässt sich ohne Schwierigkeiten einem bestimmten Bereich im Körper zuordnen. Wie ist das nun mit dem Denken? Spürt man das Gehirn arbeiten? Oder glaubt man, nur weil die Wahrnehmungsorgane Augen, Ohren, Nase, Mund im Kopf sitzen, dass das ICH ebenfalls dort seinen Wohnort hat? Weil man aus dem Kopf heraussieht, denkt man halt, dass hinter den Augen die Kommandozentrale liegt. Eigentlich könnten die Reizleitungen ja länger sein. Rein theoretisch könnte das Gehirn sich ja auch im Hintern befinden. Gemein und frei. nG

> Bianca:
> Genau. Denke ich mir schon lange. Spricht auch einiges dafür, die Serotoninproduktion der Darmwände zum Beispiel. Ich bin eine ziemlich versierte Darmversteherin mittlerweile, frag mich nur.
>
> > nextGirl:
> > Sicher wissen wir alle, dass das Gehirn im Schädel ist. Doch ist das instinktive Gefühl, dass dieses ICH sich in meinem Kopf befindet, dass das Bewusstsein eines Geköpften, eines rasch Geköpften zumindest – für die paar Sekundenbruchteile, die es nach der Durchtrennung der Versorgungsader noch existiert, im Kopf ist und nicht im Restkörper, ist das reine Einbildung? Oder kann man das durch Beobachtung der inneren Vorgänge ganz aus sich selbst heraus feststellen? Das würde ich gerne wissen.

11.7.

Dass sie die hässlichste Frau der Welt ist, behauptet Bianca (stimmt natürlich nicht). Gab's schon einmal, mehrfach, immer wieder. Ein Thema, das nie langweilig wird: das Monströse. Jahrmarktsensationen. Eine davon: Julia Pastrana, lag die längste Zeit samt Kind eingekühlt in Norwegen und durfte nicht einmal mehr fotografiert werden (ich habe angefragt). Dabei wurde sie noch als Tote ausgestellt, ganz wie Angelo Soliman in Kaisers Kuriositätenkabinett.

Das Bild ist gemeinfrei, *weil seine urheberrechtliche Schutzfrist abgelaufen ist*. Das heißt, die Urheberrechte sind erloschen, sie sind der Allgemeinheit zugefallen, frei zugänglich für die Gemeinheit, vogelfrei.

Vogelfrei: ausgestopft und ausgestellt nach der Geburt des Kindes, die für beide tödlich endete. Für die Toten selbst ist das wohl gleich, tot ist tot, und nur die Angehörigen können noch leiden. Wenn es welche gibt. Zu Lebzeiten hätte sie sich vielleicht gerne versteckt, einen Niqab gehabt, Gesichtsschleier, Sturmhaube. Nein, wenn ich sie mir so ansehe: Sie sieht der Gemeinheit der Welt irgendwie wissend ins Auge. Stolz. Wobei sich bei dem Foto die Frage stellt: Ist das ein Foto der Lebenden oder der Ausgestopften? Die Augen so fremd.

Ich finde sie ja nicht einmal hässlich, auch die Behaarung hält sich in Grenzen, gerade ein bisschen Vollbart. Den trägt man heute wieder. Da gibt es ganz andere Beispiele, wenn wir schon bei Hypertrichose sind:

Tognina Gonsalvus (Gonzalez?), auch gemeinfrei. Sieht wie eine kleine behaarte Gelehrte aus, eine Katzengelehrte. Das nenne ich mal ein Vorbild: die behaarte Gelehrte. nG

7.7.

Ich habe leider etwas nachgelassen letzte Woche. Ist doch Sommer, und Partys sind die einfachste Art, neue Outfits zu präsentieren, wobei ich ja eigentlich den Alltag interessanter finde. Doch wenn man auftritt, dann natürlich um Mitternacht, wann sonst, ganz im Gegensatz zu Aschenputtel, das zu der Zeit abtritt, Auftreten und Abtreten wie das Trachtenpaar in der Schwarzwälder Kuckucksuhr: Kirschstrohhut.

Schwarzwälder Bollenhut vor Schauinslandbahn, also vom Berg Schauinsland sieht man gerade nichts. Was will uns dieser Name sagen? nG

Bianca:
Auch eine Form der Hypertrichose: Wächst Wolle aus dem Kopf.

nextGirl:
Hypertrichose?!? Und was habe ich da geschrieben, Trachtenpäärchen (jetzt ganz finnisch) gehört natürlich zum Barometer, in Kuckucksuhren wohnen nur Kuckucke? Kuckucks?

Mama hatte so eine Puppe, irgendwas aus ihrer Jugend. Als ich drei war, habe ich an den Kugeln herumgekaut, immer das Bild von Schwarzwälder Kirschtorte, die ich übrigens grässlich finde: kandierte Kirschkugeln in Bollenhutrot und schwarzbrauner Teig und Weißwieschneebeige. Schneewittchentorte

(Antagonistin: Aschenputtel). Den Hut habe ich zerbissen, bis Mama die Puppe entsorgt hat.

Doch da ist ja noch eine Party zu besuchen: heute Eiskönigin. Für den Auftritt um Mitternacht frage ich meinen Vater, meine Mutter hat natürlich Dienst, was sonst. Papa ist stolz, was sonst, und begleitet mich gerne. Mit Schnee und Eis, das muss hier gefordert werden. Schnee und Eis und Winterdunkelheit und alles, was es gibt, auch wenn es schwer ist, das im Hochsommer zu visualisieren. Eine Winterdunkelheit, die das lachhaft flache Land in den Himmel saugt, in einen weiten, schwarzen Himmel wie am Nordlichtbildschirmhintergrund, dem man endlich ansieht, dass er abgrundtief ist. Weltalltief. Jetzt muss ich leider weg, meine Cousine hüten. Melde mich später.

Weisenrat:
Kuckückinnen!

Bianca:
Ich persönlich hasse Partys. Darf man ja nicht zu laut sagen in dieser Branche, aber so ist es. Ich weiß schon, was es heißt, müde zu sein vom Feiern, vor allem, wenn es kein Sichgehenlassen gibt, dafür ein Allesmitmachen und ein Durchstehen, so eine ganze Nacht lang: Es ist ein Schlachtfeld und ein Umschlagplatz. Da muss man durch, das sitzt man aus, das steht man durch auf diesen Schuhen, obwohl mir persönlich das ja nichts ausmacht. Es muss Wirbelsäulen geben, die sind für diese Position geboren. Nicht wie bei den Shootings, da liege oder hocke ich auf den Dingern wie über einem Lochklo, damit nur ja die blöden Hacken ins Zentrum gerückt werden.

Nein, ich rede vom Partystehen. So trage ich also auch diese Schuhe, wie alle eben, jedes Jahr höhere.

Die Mädchen wachsen den Männern über den Kopf. Als Zeichen unseres Standes stehen wir auf kirchturmhohen Absätzen (hier sind die Männer gerne klein): Wir könnten Nasenringe tragen, das käme aufs Gleiche raus. Aber Piercings vor dem Make-up immer entfernen!

3.7.

Heute: das Liddeckelbemalen. Den Clip habt ihr sicher schon gesehen. Resultat super, der Nachteil ist nur, dass die Frau die Augen schließen muss, um den Look perfekt zu machen. Dass sie sich selbst am Sehen hindern muss, um ein perfektes Bild zu bieten: Anime-Eyes. Manga-Augen. Im wilden Leben draußen ein wenig unpraktisch, denkt euer nG

Bianca:
Der Ekel vor dem Vorabend ist das Schlimmste. Da kann man nur den nächsten Partyabend drüberschaufeln, um zu vergessen. Und sich wieder irgendwas vornehmen, das man dann nicht einhalten wird. Wenn einer plötzlich nichts mehr am Leib hat als seine Tattoos. Als ob ihn irgendwer darum gebeten hätte, sich frei zu machen. Er ist so frei. Wenn ein Mann will, dass du ihn händisch befriedigst, eigenhändig oder eigentlich fremdhändig, dann hat er jede Ambition aufgegeben, auch nur vorzutäuschen, die Sache könnte beidseitig sein, was anderes als eine lusttechnische Einbahnstraße. Dann interessiert ihn nicht mehr, ob du irgendwas davon haben könntest, wobei er gleichzeitig elegant klar macht, dass ihm das auch herzlich

egal ist, Hauptsache, er hat seinen Cumshot, den kann er dann auch noch fotografieren.

Dann war Eddie wieder da. For good, wie man so sagt, und ich hoffe, dass das stimmt. Auch wenn die Haar-Make-up-Frau (Iris) mir mitteilt, dass das Offroad-Fahren ihr Lebenstraum ist, wie sie in Südafrika entdeckt hat. Nichts mehr mit Make-up. Hat sich ausgemalt. Make-up ain't no art any more.

30.6.

Hässlichste Frau, von wegen: wirklich hässlich sind ja Männer. Nicht dass ich was gegen sie hätte, ich mag Papa und Manuel und auch Mamas neuen Freund und all die anderen, aber so ein nackter Mann ist so was von unansehnlich, sorry. Was da herumhängt und traurig aussieht. Traurig, aber nicht bedrohlich. Also kein Grund zur Aufregung. Regt aber trotzdem immer auf, sogar die Plakatserie mit den nackten Fußballern haben sie am Ende überkleben müssen. Extra zum Überkleben aufgehängt, nehme ich an.

Josef ist gerade ganz begeistert von dem Kropf, der Bianca gewachsen ist und der glücklicherweise einfach runterhängt, sodass sie noch atmen kann, immerhin. Jetzt darf ich ganz exklusiv vom Schöpfungsprozess berichten, ich war dabei: Josef klatscht in die Hände, dass es staubt und sagt: Truthahn, Truthähnchen, genial, das wird Thanksgiving. Und dann sagt er noch was von Weihnachten, und das flutscht jetzt ganz glatt in Richtung Grundthema der Kollektion, so ein amerikanisches Mistletoe-Feeling, lass dich küssen! Er meint den Kropf. Die Assistenten verrenken sich die Daumen auf ihren Touchscreens, das will gelernt sein: Digital Naives.

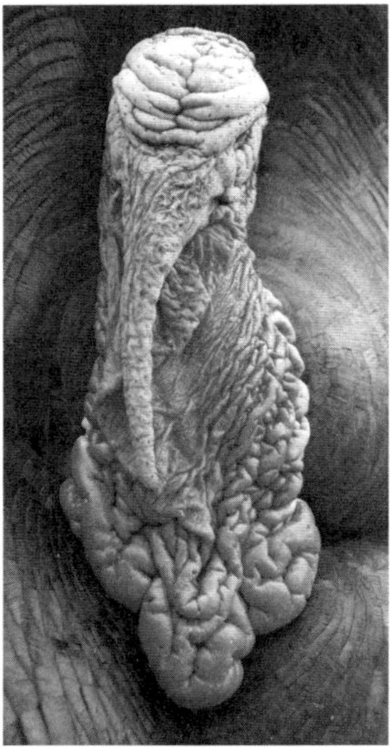

Zu mir sagt Josef: Du wirst sehen, ganz Suburbia in so, mhm, Weihnachtslichtorgel, er sieht sich um, erweitert den Kreis, ihr wisst schon. Zwei Tage später hat er Bianca das erste Federkleid auf den Leib geschneidert, wie er sagt, und das stimmt buchstäblich. Zu ihr sagt er, sie soll darin halbwegs müde und ein bisschen überdrüssig aussehen. Von links, sagt er, immer nur von der Seite, von vorne kommt das Gehänge nicht zur Geltung. Jetzt streng dich ein bisschen an, drei Tage feiern mit der gesamten Verwandtschaft, wenn das keine challenge ist, die nur die Hartgesottensten überstehen. Er lacht, die am knusprigsten Gebratenen, das geht an die Nieren. Oder hat hier jemand eine Vorliebe für geröstete Nieren? Großes Schweigen, dann liegt Bianca mit angewinkelten Oberschenkeln da, die Füße in die Luft gestreckt, ein Kapaun, eine Weihnachtsgans, ausgenommen und sauber in weißen Manschetten.

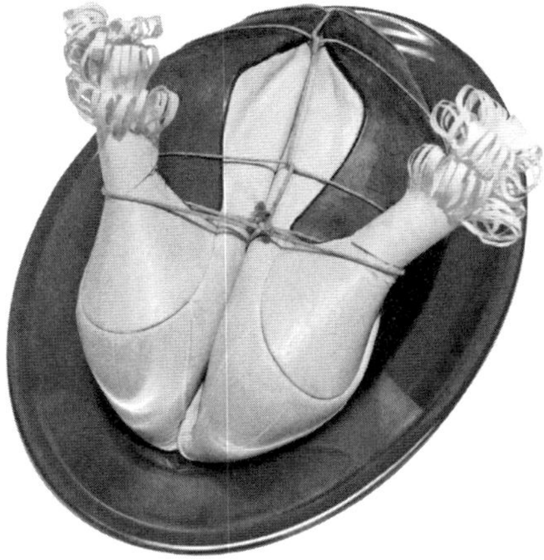

Das wird, sagt Josef, das wird, ja, nach oben, im Profil. Was für eine Nase! nG.

> Bianca:
> Sie hat eine schöne Nase, sagte Josef zu seinem neuen Assistenten. Josef war tatsächlich wieder aufgetaucht, kaum hatte sich die Sache in mir manifestiert (oder der Wurm in mir festgesetzt, mein neuer Mitbewohner). In Eddies Fahrwasser kam er daher, zumindest sieht Eddie das so.

24.6.

#Wurmkur. Da spukt so ein Bild herum: ein Mädchen, das Brausepulver aus dem Handteller schlürft, und eine seltsame Freundschaft zwischen ihr und einem Jungen. Sprachlos. Sagt das irgendwem irgendwas?

Die Sprachlosigkeit: auch so ein interessantes Thema. Mode ist ja eine einzige Behauptung, dass man das Bild von sich selbst erzeugen kann, wie es einem passt, ein sicheres, signifikantes, das auch durchaus die Zugehörigkeit zu einer Gruppe behaupten kann. (Hab da letztens einen älteren Herrn mit rotem Hahnenkamm im Fernsehen gesehen, Kulturwissenschaftler oder so was, und ich denke mir die ganze Zeit, dass das doch Satire sein muss. Aber nein, der ist echt und bereut öffentlich, dass er mal an Netzfreiheit geglaubt hat.) Das Styling ist also eine Form der sprachlosen Kommunikation, die möglicherweise wichtiger ist als die andere, die direkte. Deshalb seht ihr mich heute in Burka, das Blau ist ja wunderschön. Nein, ihr seht mich nicht, da ohnehin alle wissen, wie ein Mädchen mit Burka aussieht, oder besser, wie sie nicht aussieht. Heraussieht hinter den Gitterstäben. nG

Weisenrat:
Die Brausepulverszene stammt aus der *Blechtrommel*, Volker Schlöndorff. Katharina Thalbach, David Bennent.

nextGirl:
Endlich ein Weisenrat, der sein Geld wert ist! Danke sehr!

Weisenrat:
Moment –

nextGirl:
–

Bianca:
Die Sache war die: Eines der Würmchen in meinem Darm litt an Akromegalie. Es wuchs und wuchs und wuchs, warum, das konnte der Arzt auch nicht erklären. Er vermutete: heikler Prozess, Wachstums-

hormone, usw. Ich fragte, ob von Seiten der Pharmafirma ein Fehler vorliege, er ruderte sofort zurück, das ließe sich so nicht sagen. Die Kante zweier energetisch aufeinander abgestimmter Farbflächen in seinem Besprechungszimmer schien mir plötzlich schärfer, irgendwie irisierend, der Farbkontrast schriller, während ich nach Eddie Ausschau hielt, obwohl ich wusste, dass er nicht neben mir saß. Er hatte die ganze Nacht durchgearbeitet und war erst mit einer Morgenmaschine zurückgekommen und schlief zur Zeit engelsgleich in seinem Himmelbett (Restverbundenheit). Nein, Himmelbett hat er keines. Obwohl ja Kitsch das neue Cool ist, zum hundertsten Mal oder so.

Natürlich mussten sie eine Darmspiegelung machen. Das klingt so nett nach Spiegelkabinetten und Schaubuden.

> nextGirl:
> Kommentiere deinen Status.

21.6.

Irgendwas kommt immer dazwischen. Venezianische Spiegelbikinis. Es gibt nämlich keine Bademode, die mich wirklich überzeugt, immer sieht man bloß den eckigen Körper, der noch im Wachsen ist. Die Knie und Ellenbogen und sonstige Kanten, die hervorstehen wie die Markierungen eines ungenutzten Baugrundes. nG

> Bianca:
> Baugrund? Du schockierst mich.

> Man sieht sich den Darm im Spiegel an, und für Symmetrien haben die meisten Leute was übrig. Praktisch hieß das: nüchtern bleiben und den Darm entleeren, das vor allem, und das lief darauf hinaus, drei Liter eines grässlich süßlichen Abführmittels zu trinken. Habe ihnen zwar gleich gesagt, dass drei Liter in der kurzen Zeit nie und nimmer in mich reinpassen (obwohl wir Mädchen Übung haben: wenn wieder vor einer Show so eine Gewichtskontrolle ansteht, mit denen der Dachverband demonstrieren will, dass der Magersucht kein Vorschub geleistet wird, trinkt man schnell die Wasserflasche leer). Aber auf mich hören sie ja nicht, auf mich als Letztes, wer bin ich denn: bloß die zufällige Ureinwohnerin dieses Körpers. Hat also die ganze Brühe oben wieder rauskommen müssen, bevor ich den Rest ins Klo geschüttet habe. Und alles Ausputzen hilft immer noch nichts, wenn du auf der Seite liegst, und sie dir die Sonde einführen und dich ermahnen, nun sollest du dich aber entspannen, wenn Sie sich nicht entspannen, wird das nichts: du leckst trotzdem. Und das leichte Schlafmittel, das sie dir gegeben haben, ist anscheinend zu vorsichtig dosiert, die Oberschenkel zittern wie im Schüttelfrost. Das dämpft ein wenig das Gefühl für die Peinlichkeit des Ganzen, immer gut, wenn man sich auf den Körper konzentrieren kann, wenn

der Schmerz zum Beispiel überhandnimmt. Aber so intensiv ist der Schmerz gar nicht, man kann sich festhalten an der Behauptung, dass es gar nicht weh tut, und der Körper hält sich dran, im Rahmen, tut gar nicht weh, ist höchstens ein bisschen unangenehm, so den Darmausgang preiszugeben. Nach ein paar Zentimetern spürst du, dass der Gang sich weitet und den Inhalt, den er nicht mehr halten will, stoßweise abgibt. Und sie sagen dir, das macht nichts, das ist ganz normal, dass Sie Kot verlieren, und du versuchst, den Satz ernst zu nehmen. Ja, natürlich, das ist ganz normal unter den Umständen, warum nur hast du das Gefühl, dass es ganz und gar nicht normal ist? Woher kommt das, doch nicht von Sauberkeitserziehung von frühester Kindheit an, das kann doch nicht sein, und du fragst dich, was sie wohl sehen da drin, ist ja finster und so ganz leer geräumt offenbar auch nicht.

Dann denke ich darüber nach, warum die radiologietechnische Angestellte den Darminhalt eigentlich Kot nennt. Kot ist was für Kotbürsten, Daffelkots, alles, was es da so gab bei den Großeltern, alles, was mit Schlamm und Regen und aufgewühltem Boden zu tun hatte, auch wenn ich bald begriff, dass man Dufflecoats zwar bei Schlechtwetter trug, dass sie aber nichts zu tun hatten mit regendurchweichter Erde. Daran denke ich und müsste schon fast lachen, wenn ich nicht zu müde wäre dazu, ich habe schon wieder eine halbe Minute herumgebracht, der Oberkörper abgedeckt, damit ich nicht friere. Der Gehschlitz der grünlichen Krankenanstaltshose klafft von Bund zu Bund, damit sich vom Nabel bis zum äußersten Ende der Hinternspalte nur ja nichts dem Zugriff Befugter entziehen kann. Die Kleidung nur symbolisch, in Wahrheit sind alle deine Hohlraumzugänge verfügbar, während die Hüften zittern und der Darm sich weiter gehen lässt. Das Beschämendste überhaupt, den Stuhlgang nicht mehr kontrollieren zu können, analfixiert, könnte man sagen, ein Land von Analfixierten (*Hintereingang zum sie-*

benten Himmel, hat eine gewisse Qualitätszeitung geschrieben, ganz ironiefrei). *Stuhl* ist auch so ein tolles Wort. Jetzt schmerzt es doch, und ich schließe die Augen und stöhne leicht. Unter den Augendeckeln flackert es rot, und wieder erreicht mich der Hinweis, dass es nur noch mehr weh tue, wenn ich mich nicht entspanne.

Darmspiegelung ist eine Untersuchung, die man bei alten Leuten mit Verdacht auf Darmkrebs macht. Nicht bei mir, wer (und vor allem: was!) bin ich denn. Ich bin jung. In meinem Alter ist der Darm gesund, von kurzen postnarkotischen Gärungsprozessen einmal abgesehen. Warum habe ich zugestimmt, und was habe ich da alles unterschrieben? Etwa, dass sie Darmstücke gleich an Ort und Stelle herausnehmen dürfen, wenn es zu gröberen Verletzungen kommt? Und was wollen die überhaupt herausfinden, dass ein Wurm drin ist, das wissen wir auch so. Langsam werde ich wütend, ich habe Tränen in den Augen, oder ist es doch der Schmerz? Ich beiße jedenfalls die Zähne zusammen, ich werde doch nicht heulen auch noch. vorne und hinten zugleich undicht werden, das ist doch zum Lachen, da weiß man nicht, wo man zuerst Schadensbegrenzung betreiben soll. In so einer Lage sind handfeste Körperlichkeiten etwas, woran man sich klammern kann.

Da ist er, schreit die Ärztin vor dem Display, die Darmschlingenspezialistin, ich hebe den Kopf, ganz schlechte Idee. Das bringt das angespannte Gleichgewicht aus Innereien, Sonde und Inhalt durcheinander, und ich gebe unkontrollierte Laute von mir. Ein bisschen noch, sagt die Röntgenassistentin und streichelt meinen Kopf. Wo die immer solche selbstgerechten Spötterinnen finden, ich bin sicher, sie tauschen Blicke hinter meinem Rücken (über ihm, genaugenommen). Gleich haben wir es geschafft, sagt die Ärztin.

16.6.

Wollte über Bademode schreiben, statt dessen bin ich schon wieder im Aquarium, nur ich und Lara, obwohl: so toll ist es wirklich nicht. Lara kann nicht genug davon bekommen, und das, obwohl es draußen knallheiß und blendend hell ist, Badewetter. Aber die städtischen Bäder mag ich sowieso nicht, allein der Geruch. In der Donau schwimme ich gerne, auch wenn sie kalt ist, da kann man sich abtreiben lassen und kriegt ein Gefühl für die Menge des Wassers, diese Wasserwalze, die vorbeirollt und den Körper mitnehmen will ins Schwarze Meer. Beachwear: Da habe ich dann am liebsten Kitschmonster mit Rüschensäumen für das Polypengefühl, wenn schon, denn schon. Oder Männerbadeanzüge aus der Anfangszeit, auch nicht schlecht. Die pumpen sich voll Luft und schwimmen von alleine.

Doch das Aquarium, das einmal ein Flakturm war, unerschütterlich in den Park gerammt, mit Dachumgang für den Selbstmord zwischendurch, hat nur sehr kleine Becken. Wenigstens werden die verschiedenen Tiersorten nicht erfasst, gepresst und einsortiert, die museale Vollständigkeitsidee ist hier nicht vorhanden. Was mein Museumswärter dazu sagen würde? Nur was ausgezählt, gewogen, getrocknet und gemessen ist, gehört zur verständlichen Welt. Der muss das Wasser unbedingt entzogen werden, damit sie ins Archiv passt. Die Fundstücke ausgepresst und sauber beschriftet ins Album geklebt. Ja, aber, wird er sagen, das war einmal.

Höchstens die Rochen ein bisschen plattgedrückt, und die Haie, die Lara so begeistern, sind Miniaturausgaben. Dass Haie kleine Kinder so faszinieren, liegt das am Namen? Hi Hai? Wenigstens habe ich eine sichere Karte in der Hand, wenn ich einspringen muss. Mama sagt, das kann in nächster Zeit öfter vorkommen, ihre Schwester sucht einen neuen Job. Ich erzähle Lara, dass man Seegurken nicht essen kann, und als wir heimkommen sagt sie, Gurke essen, was ihre Mutter ganz begeistert: Was hast du mit dem Kind gemacht? Wirklich toll finde ich Hammerhaie. Dass die Natur ganz von allein auf diese Kopfform gekommen sein sollte, als günstigste Lösung für welche Umstände auch immer: völlig unglaubwürdig! Der Hammerhai spricht für einen Schöpfungsplan, und, wie soll ich sagen, das Verantwortliche, das Bewusstsein, die Existenz, das Wesen dahinter macht offenbar gerne Witze. So wie bei Bianca. Unintelligent Design wahrscheinlich. nG

Bianca:
Ja, sehr witzig!

Ich schrie gleich noch einmal. An die Ausbeulung meines Verdauungstraktes hatte ich mich gewöhnt, das ging schnell. Sie sagten, die Sache würde sich wohl von selbst lösen, wenn das Tier absterben sollte, was es ja irgendwann tun müsste, würde es „auf natürliche Weise abgehen". Und, wie gesagt, der Anschein von Schwangerschaft kann durchaus karrierefördernd sein.

Als ich ein paar Wochen später eine Beule am Hals bekam, breitfußig wie ein Schneckenkörper, der sich aufrichtet, hatte ich nicht diesen größenwahnsinnigen Wurm im Verdacht, wie denn auch. Eher vermutete ich, dass mein Immunsystem nun völlig durchdrehte. Mir kamen die Tränen, als ich begriff, dass mein Körper schon wieder aus dem Ruder lief. Ich stellte mich alle paar Minuten vor den Spiegel und starrte die Stelle an, obwohl ich wusste, dass die Anomalie nicht so einfach verschwunden sein würde. Ich schrie vor Wut, das weckte Eddie, der versuchte, mich zu beruhigen. Er stand verschlafen in der Küche und durchsuchte die Wandschränke nach etwas, was für Krisensituationen geeignet schien, schließlich kam er mit einer Tasse Hustentee. Er fragte, ob er mich ins Krankenhaus bringen solle; allein die Vorstellung erregte Übelkeit, ich schrie und weinte, bis der Punkt erreicht war, wo man ganz mittendrin beginnt sich zu fragen, warum, und er wickelte mich in Decken, als wäre ich auf Drogenentzug. Auf natürliche Weise: Das heißt, ich werde den Wurm verdauen. Meine Verdauung war zur Zeit ohnehin schon sehr gefordert. In meinem Inneren gärte es, doch die Blähungen ließen sich vergleichsweise leicht abführen. Dass ich dabei weitgehend schmerzfrei bleibe, hänge mit der Serotoninproduktion des Darmes zusammen, hatte die Darmverschlingungsexpertin erklärt. Ich hake nach: dass die Reibung der Wurmhaut die Darmwand anscheinend dahingehend stimuliere, dass es zu einer vermehrten Serotoninausschüttung komme. Die herbeigerufene Anästhesistin nickt bedächtig. Aha. Schmerzfrei, sowieso.

Von wegen Serotoninausschüttung: Da vergeht einem ja das Essen, je mehr Serotonin, desto weniger Hungergefühl, sehr praktisch, nicht, dass noch sonderlich viel in meinem Verdauungskanal Platz hätte. Mein aktueller foodchannel: daswurmt.wordpress.com.

Da lasse ich kein Dinner aus und fotografiere all die Sachen, die ich niemals essen würde, da schreiben mir die Leute, wie geil sie meine Bilder fänden und dass sie gerne der Finger wären, den ich mir in den Mund stecke. Hier, bei dir, ist es ruhiger, das finde ich nett zur Abwechslung.

10.6.

Je schneller aufgestiegen, desto rascher gefällt. Fast wie in der Schule, und jetzt rede ich doch einmal davon. Haben wir so einen neuen Biologielehrer bekommen, ziemlich cool, schmal und mit dünnem Bart, alle begeistert, und dann kommt einer aus der Nachbarklasse und sagt, der war mal eine Frau. Großer Aufruhr, blöde Postings, so lange, bis die Direktorin reingekommen ist und gesagt hat, dass sie jeden Einzelnen von der Schule schmeißen wird, der noch einmal sowas online stellt. Können Sie doch gar nicht, sagt ein Junge. Und ob ich das kann, entgegnet sie, und dann sagt ein Mädchen, von dem ich immer dachte, sie wäre schüchtern, nur weil er zu feig wäre, sowas Radikales zu tun, soll er nicht groß reden. Obwohl nachher schon wieder ein paar anfingen, so von wegen, jemandem wie den kann man doch nicht auf Kinder loslassen, da weiß man ja nicht, wie pervers der sonst noch ist, und ich frage, welche Kinder, die Kinder sind wir, oder? Geschlechtsumwandlung ist ein ziemlich radikaler Ansatz, und vor allem nicht mehr rückgängig zu machen. Eine Körperumformung der kompromisslosen Sorte, ich weiß nicht, ob ich mich das trauen würde. nG

Bianca:
Zu dem Arzt, der mir die Kur verschrieben hatte, ging ich am nächsten Tag, der sah ein, dass er meinen Fall einschieben musste. Ein äußerst interessantes Problem, sagte er, vertieft in die Radarbilder. Er fragte mich, welche Beschwerden ich hätte, geht so, erwiderte ich, nur ein wenig eng ist es im Hals. Er streifte sich wieder die Handschuhe über, schmierte mir Gleitgel auf den Bauch und suchte mich systematisch ab, ohne sein säuerliches Grinsen abzulegen. Was sollte er auch machen. Ich bin sicher, dass ihm die Angst im Kopf herumspukte, von mir mit Klagen überzogen zu werden, was immer er auch an selbstverständlicher ärztlicher Berufssouveränität zur Verfügung hatte. Kann nicht schaden, dachte ich ein bisschen bösartig. Wie ist das eigentlich, fragte ich, hat der Wurm die anderen aufgefressen, ist es nur einer, der da am Werk ist, oder ist da eine ganze Wurmreservearmee? Der Arzt wetzte mit der Sonde unter dem Schlüsselbein herum und schwieg. Eine Wurmbatterie? Er lächelte mich traurig an, fuhr sich durchs Haar, ein Ring glänzte

unter der Gummischicht. Ein solcher Fall, sagte er, der Sonarkopf zog Schlangenlinien, die denen am Bildschirm glichen, ein solcher Fall ist schon für sich betrachtet recht unwahrscheinlich. Wenn Sie jetzt die Wahrscheinlichkeiten der Akromegalie für mehrere Würmer addieren, dann zeigt sich, dass der Fall, den sie ansprechen, ein gänzlich vernachlässigbares Risiko darstellt. Multiplizieren, sagte ich. Wie bitte?

Er blickte missbilligend drein, strich erneut Gleitgel auf die Haut, nun war er endlich bei dem Auswuchs unter meiner Kinnlinie angekommen, und ich kam in Fahrt. Gut, sagte ich, ein wenig gurgelnd, der Druck der Sonde erleichterte das Sprechen schließlich nicht gerade: Angenommen, es ist nur einer, verpuppt er sich eigentlich? Ist es ein Wurm oder eine Made? Kurz stellte ich mir einen Schmetterling vor, der sich in meinem Darm ausformen und mit dem Ausbreiten der Flügel die Körperhülle sprengen würde, und interessanterweise sah ich ihn in Blau, blau und angeberisch und mit ausfransenden Schwingen wie ein Computerspieldrache, doch er winkte schon ab: Aber das ist doch eine gänzlich andere Klasse von Lebewesen. Würmer verpuppen sich nicht. Die Sonde fuhr hinunter zur Brust, die Brust wurde gedrückt, seufzend, da sieht man wenig, sagte er, wenn das Fettgewebe im Weg ist. Schließlich hob er das Gerät mit entschiedenem Ruck von der Gelschicht und wischte es ab: Ich kann Sie beruhigen, sagte er, es ist dasselbe Phänomen.

Definitiv dasselbe Phänomen, wiederholte er, ich kann Sie beruhigen; was daran beruhigend sein sollte, war mir nicht klar. Er starrte angestrengt auf die schwarzweißen Schlieren. Dann entschuldigte er sich, dass sein Gerät nicht mehr das neueste sei, dass er aber einen Kollegen zuziehen könne, wenn ich das wolle, dass man mittlerweile wunderbare 3D-Sonographien erstellen könne, ich sagte, ich wolle es mir überlegen. Nein, Sonarbilder heißen die, sehen aber aus wie Radar, ein Wurmdetektionsradar, die Darmhaut, sagte er, ist eines der dehnbarsten Gewebe, das wir kennen. Klar, sagte ich, Würste werden schließlich auch in Schweinedarm gestopft. Er lächelte sinnierend vor sich hin: Schon erstaunlich.

Beiläufig bemerkte er noch, die Verdauungssäfte würden dem Wurm wohl etwas zusetzen und er beginne, unruhig zu werden. Solange der Vorgang kontrolliert erfolge, sehe er keine Notwenigkeit zur Besorgnis. Kontrolliert, sagte ich mit dem Bild in der Hand, das er mir ausgedruckt hatte, als gäbe es ein Ungeborenes drauf zu bestaunen. Eng am Hals. Essen, sagte ich, kann ich auch nichts mehr. Er verschrieb mir Vitaminpräparate, die ich nicht nahm, meine Stimmung war gerade so kriegerisch. Keine Lust auf Gesundheitskonten und Zielvereinbarungen.

> nextGirl:
> Eine Wurmarmada: hab ich doch glatt mal als Kopfschmuck verwendet, also eigentlich mehr einen Haufen gekochter Spaghetti. Da wollte ich wohl irgendwen mit meinem Blick versteinern.

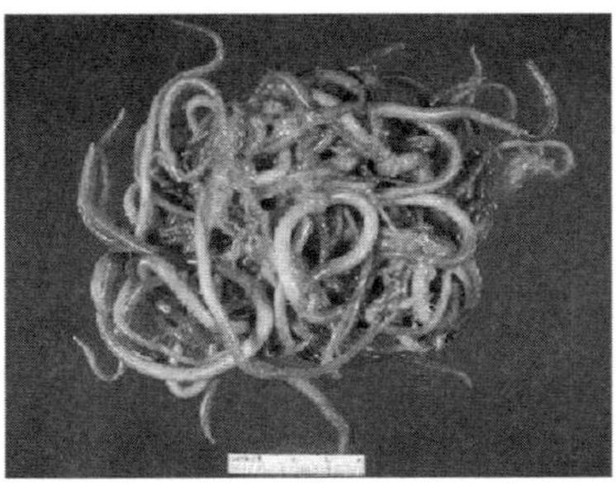

6.6.

Mit Bianca war das so: Am Cover der Zeitschrift *IchNennJetzKeinenNamen* ist sie mir aufgefallen. So durchsichtig und speziell, und dann in Windeseile auf einem Magazin nach dem anderen, ganz wichtig auch: nicht themenbezogene Magazine, also solche, die nichts mit Lifestyle am Hut haben, das ist immer ein Beweis für den Hype. Diese Pulloverserie von Eddie war auch wirklich der Hammer. Sie steht da so auf einem Pulloverberg und entwickelt nautische Qualität, eine anämische Anemone, etwa so:

Courtesy of Eddie

Ein Bild, das für ein Lebensgefühl steht, haben sie geschrieben. Ikonisch. Lebt von den Aussparungen. Spannend, haben sie geschrieben. Was Hochglanzeditoren eben so spannend finden: Hitler und Brillenberge und nackte Frauen, das ist so in etwa die Coverhierarchie. Dann vielleicht noch

Kinder mit Schusswaffen oder sterbende Seevögel. Muss ich einmal genauere Nachforschungen betreiben. Mit den Coverfotos ist man aber auch schnell durch, das ist der Nachteil. Dann wird es ruhig. Abfotografiert, sagen sie, auf Wiedersehen und weiter. Ja, diese klarsichtige Medienanalyse hättet ihr von mir wohl nicht erwartet. Aber besser als Schulzeugs, das könnte ich euch auch erzählen, und wer mit wem und wer gegen wen und die üblichen Sachen, doch deshalb kommt ihr ja nicht hierher.

Und dann, nach dem ersten Hype: still um Bianca, oder besser schwarz, zappenduster, keine Belichtung, keine Coverage. Je schneller aufgestiegen, desto schneller lassen sie dich fallen, sag ich ja, auch zu Josef. Und er sagt: Ich habe versprochen, spurlos aus deinem Leben zu verschwinden, wenn du mich sowas fragst. Und ich sage: Das kannst du gar nicht, man sieht dich ja dauernd auf allen Kanälen. Er lacht, laut und herzhaft, wie ich das an ihm mag. Good point, sagt er. Dass ich ihn ja nichts gefragt habe, ist eine andere Sache, und jetzt ist nicht der Moment, ins Detail zu gehen. Ich habe schließlich allen Grund, ihm dankbar zu sein. Bin ich auch. Mehr Glück als Verstand, sagt Mama, aber so einfach lasse ich mich nicht ärgern. nG

> Bianca:
> Ja, der Wurm war ein Glücksfall, rückblickend betrachtet.

>> nG:
>> Übrigens, Courtesy: Hofknicks?

1.6.

Vorschau auf den Herbst: Da könnte man depressiv werden, wenn nicht gleichzeitig auch wieder alles neu wäre. Dieses Allesneugefühl, dass man sonst zu Jahresanfang hat, ein bisschen Vorschuss auf den Frühling, der dann leider nur selten so ist, wie ihn die Werbung präsentiert. Also heute mal die schönsten Allesneu-Eindrücke, bitte sehr:

- Teaspoon-Lingerie
- Mondgesichter
- Rattenschwänze
- zum hundertsten Mal: Bergschuhe zur Haute-Couture, ist wenigstens bequem. Wird sich aber kaum dauerhaft durchsetzen. Ich trage die ja schon immer, wenn ich vorhabe, den urbanen Schneesturm-Dschungel zu durchqueren. Doch, das kommt schon noch vor, Klima hin oder her.

nG

24.5.

Uncool: Tiergartenbilder.

Lara hat sich die Löwen angesehen, immer diese Safaristimmung, sobald Löwen im Bild sind (denen wächst Wolle aus dem Kopf). Papa hat so einen fernen Blick gekriegt, und ich frage ihn, wie es meinen beiden Erzengeln geht, so nenne ich sie manchmal, Michael und Manuel. Dann haben wir ein intensives Gespräch, Lara mit Zuckerwatte ruhiggestellt, Papa und ich, über Casting-Agenturen, was es bedeutet, abzuschätzen, wann eine Sache unangenehm werden könnte. Ja, kein nettes Thema, und Michael sagt, dass das ein Zeichen von Reife ist, wenn man beginnt, die Grenzen des Machbaren zu erkennen. Des Machbaren? Die Dinge zu erkennen, meint er, vor denen man besser Angst haben sollte, er lächelt: Man zieht aus aus der Kindheit, wenn man das Fürchten lernt. Dann sagt er, dass Kindergartensprüche blöd sind, und ob ich das Gefühl hätte, dass ihm und Susanne und Manuel der Nestbau gelungen wäre? Ich sehe ihn ratlos an, während Lara fragt, was für Tiere an die Löwen verfüttert werden und ob die auch hier im Zoo gelebt hätten? Papa sagt mir, dass er dabei ist, über ein paar Dinge nachzudenken, sieh an.

Dazu finde ich auch glatt etwas: in der dritten Person, wie kindisch. Und Kartoffeldruckwerke gehören verboten. Finde ich wenigstens, euer: nextGirl.

Alice hatte das erfunden: die Erzengel. Er liebte die Abende mit Manuel, wenn sie beide an der Kücheninsel saßen, lehnten, arbeiteten, Manuel mit seiner lächerlich kleinen Küchenschürze – die er allerdings von Alice geschenkt bekommen hatte, da war sie in der zweiten Klasse gewesen und hatte ihrem Vater dieses Produkt des Werkunterrichts in die Hand gedrückt mit der schlichten Feststellung, dass Mama so etwas nicht wolle. Das hatte er Manuel natürlich nicht gesagt, und so war die Schürze – voller bunter kindlicher Kartoffeldruckmotive – eigentlich ein Symbol seines eigenen

Verrats an allen dreien, an Susanne, Alice und sogar an Manuel. Manuel, der Geduldige, Stille, dieser Fels in der Brandung, dessen Augen immer ein wenig leuchteten. Michael und Manuel, was für ein Namenspaar. Voller herzerwärmender Kocherei und stillen Pfaden zu einem Glück, das nun schon über sechs Jahre hielt, was selten war für eine erste Beziehung. In dieser Kategorie die erste für Michael, so sah er das wenigstens. Ihr zwei Erzengel, sagte Alice, dabei war *Manuel* überhaupt kein Engelsname. Und Michael hin und hergerissen zwischen dem Wunsch, ihre kindliche Zuneigung für sich zu erhalten, das Verhältnis zu Susanne halbwegs stabil und reibungsfrei zu gestalten, die Trennung vor Alice zu rechtfertigen und Manuel nicht das Gefühl zu geben, er sei das fünfte Rad am Wagen. Zunächst hatte er eine Frau erfinden wollen, weil er den Eindruck hatte, das wäre für Susanne leichter zu ertragen als ein Mann, mit dem sie doch nie konkurrieren könnte. Doch sie war unerschütterlich geblieben, als Alice ihr erzählt hatte, dass Manuel regelmäßig (und immer zu früh!) bei Michael auftauchte, sie hatte gelacht, als er sich gerechtfertigt hatte: Ich habe mich von dir getrennt, mein Lieber, weil eine Tochter genug für mich ist. Weil ich keine zwei Kinder mehr versorgen wollte, das weißt du ganz genau. Und mit wem du schläfst, ist mir von Herzen egal, hatte sie gesagt, die Stirn angestrengt in Falten gezogen. Ihn *versorgen*, hatte sie gesagt, die zielgerichtete Studentin und ehrgeizige Medizinerin, dabei hatte er seine Dissertation bereits in die Zielgerade gebracht. Der Job hier im Museum war nicht zuletzt dem Aufsehen geschuldet, das sein erster (und bislang einziger) *Nature*-Artikel verursacht hatte; geschadet hatte es sicherlich nicht, dass sein Doktorvater Michael beizeiten mit dem damaligen Museumsleiter bekannt gemacht hatte. Vor einigen Jahren war die Swoboda als Direktorin nachgefolgt, eine distanzierte, schwer einschätzbare Frau, wie Michael fand. Und auch wenn sie Manuel schon neben ihm gesehen hatte, wahrte er lieber den Schein, dass er nämlich alleine lebte. Don't ask, don't tell. Sicher ist sicher. Wobei Manuel meinte, er tue ihr unrecht.

Von Anfang an hatte Michael das Gefühl gehabt, Alice etwas schuldig zu sein – und die hatte das auch nach Kräften gegen ihn verwendet, Kinder erspüren das schlechte Gewissen von Erwachsenen schon in kleinsten Dosen und verstehen es geschickt, es für sich zu nutzen und in Donauinsel-, Prater- und Tiergartennachmittage umzumünzen. Früher zumindest. Jetzt eher in elektronisches Spielzeug, denn, so sagte sie, sie brauche das für ihren „Job". Das kam ihm entgegen, denn er hatte Badenachmittage nicht gemocht, es gehasst, seinen bleichen, nur leicht übergewichtigen (gerade deshalb, wie Manuel sagte, so schön weichen) Körper auf Liegetüchern und Holzpritschen zur Schau zu stellen. Was du an einem mittelalten Spießer wie mir findest, verstehe ich nicht, sagte er zu Manuel, doch der sagte, das willst du auch nicht wissen, du Mittelalter, und schob ihm auf der hohlen Zunge einen Schluck Rotwein in den Mund.

Michael wollte der Welt nichts demonstrieren. Er wollte sein kleines zufriedenes Leben, und da sollten sein Lebensgefährte und seine Tochter gleichermaßen ihren Platz haben, und für den Seelenfrieden auch deren Mutter. Seine dreizehnjährige Tochter Alice, die ihn gelegentlich wissen ließ, dass Homosexualität für sie auf keinen Fall in Frage komme, da es egoistisch sei, keine Nachkommen zeugen zu wollen. Aber ich habe doch dich, was brauche ich mehr, begann er und wischte das Argument mit dem Handrücken vom dunklen Stein der Kücheninsel. Sie wollte sticheln, das war klar.

Er erinnerte sich an Josef, schmal und drahtig und klein und unheimlich eitel, mit einer Bestimmtheit in der Stimme und im Auftreten, die ihm schon damals diese Traube an Frauen verschaffte, die manche Schwule umgibt wie ein Sicherheitscordon. Damals nannte er sich noch Joe, das war, bevor er auf die Idee kam, dass das altmodische *Josef* eine viel glanzvollere Repräsentation eines österreichischen Stardesigners sein könnte, so spätmonarchistisch und mit der Anmutung des dekadenten Adelssprosses, der die internationale Kunstszene aufmischen würde, und nichts Geringeres hatte er vor. Ganz anders er selbst, Michael: groß, weich, unsicher. Er hatte sofort gespürt, dass für ihn selbst in diesem Plan kein Platz war, und außerdem war da schon Susanne gewesen, die unaufgeregt und beharrlich ihrer Wege ging. So viel realer als die Sache mit Joe, eine alltagstaugliche, freundliche, verzeihende Liebe, der allerdings das Feuer gefehlt hatte. Aber, wie Michael gedacht hatte, man kann nicht alles haben. Für jede Freude, sagte er sich, zahlt man früher oder später. Und in seinem Fall zahlte nicht nur er, sondern vor allem seine Tochter.

Ein Kind, das zum Zentrum des Lebens der Eltern geworden ist, zur Radnabe, um die sich der Tagesablauf und der Gefühlshaushalt dreht, so zu enttäuschen, wie er das getan hatte, indem er gegangen war, ist nicht leicht zu verkraften, das hatte er bereits vorher gewusst. Auch wenn Susanne in einem Akt selbstbewusster Selbsttäuschung behauptete, sie hätte ihn hinausgeschmissen, solange, bis diese Behauptung in die familieninterne Mythologie eingegangen war, änderte das nichts an seinem Schuldgefühl gegenüber Alice, das erst in den letzten Jahren allmählich gewichen war, in dem Maß, als sie anfing, pubertäre Spielchen damit zu treiben, die sie aber selbst nicht ganz ernst zu nehmen schien. Ihr Zusammensein, ihre Gespräche waren wieder fröhlicher geworden, leichter und selbstverständlicher. Er pflegte und goss den wiedererwachten Keim aus der Zeit, als er sie noch zum begeisterten Glucksen hatte bringen können, indem er sie in die Höhe warf, und ihn ihr absolutes Vertrauen in seine Fähigkeit, sie wieder aufzufangen, mit warmem Glück erfüllt hatte. An diesem Punkt fiel ihm dieser blöde Kindergartenspruch ein, der besagte, man solle den Kindern Flügel verleihen, zuerst Nest bauen und dann Flügel verleihen, was implizierte, dass, wenn man beim Nestbau versagt hatte, das mit den Flügeln auch nicht so gelingen könne, und er sagte sich, er habe nicht versagt. Susanne und er und später Manuel seien nicht perfekt gewesen, aber Versagen müsse er sich auch nicht vorwerfen, das Leben sei nun einmal komplizierter als Kindergartensinnsprüche, und er habe den Umständen entsprechend sein Bestes getan.

Er erinnerte sich an einen Abend, an dem er mit der damals wohl sechsjährigen Alice unter ihrem Hochbett gesessen war und sie eine Pettersson-Geschichte angesehen hatten, die Alice so gemocht hatte, und ihm ganz plötzlich klar geworden war, dass es keinen Ausweg gab, dass er seine Tochter liebte, dass er für Susanne nichts als eine abgekühlte und leicht enttäuschte Zuneigung empfand, für seine Frau, die mal wieder arbeitete, und deren Arbeit im Krankenhaus alles an emotionalen Bedürfnissen abzudecken schien, zumindest, was Erwachsene betraf, so dass sie ihm gegenüber stets gleichbleibend und auf geistesabwesende Art freundlich war. Schwebend, das dachte er, sie schwebte über den Dingen. Dass er anders leben wollte, dass das Leben vor ihm überschaubar war, und dass er jetzt etwas ändern musste. Dass er vor der Wahl stand, sich selbst zu verleugnen oder Alice den Boden unter den Füßen wegzuziehen, und dass er diese Entscheidung längst getroffen hatte. Darüber vergaß er weiterzulesen, und Alice fragte: Papa, was hast du?

An die Traurigkeit erinnerte er sich, die ihm die Kehle abgeschnürt hatte, und nur unter Aufbietung aller Kraft hatte er verhindern können, dass er sie zu fest an sich drückte und seinen Kummer spüren ließ.

Er war froh darüber, Alice jetzt endlich ruhiger zu sehen, stabilisiert und sicherer in dem, was sie war. Das Verständnis für die Fehler der Eltern wächst mit dem Älterwerden der eigenen Kinder, dachte er mit Blick auf die Birke, dass er seine Mutter besuchen sollte und dass Versöhnlichkeit eine gesunde Einübung in die Sterblichkeit wäre.

Der Kassettenrekorder, vermutlich der Letzte seiner Art, stand noch in Alices Zimmer in ihrer Wohnung, die anfangs nur Manuels Wohnung gewesen war. Und immer noch hörten sie abends gelegentlich gemeinsam Kindergeschichten, für die Alice schon zu alt war, wie sie ihm zu verstehen gab, die sie aber ihm zuliebe weiterhin erduldete, damit er noch ein wenig in diesem Kindheitsgefühl schwelgen, an diesen kleinstfamiliären Geborgenheitsraum glauben konnte, den er für sie baute, und er war froh, dass sie es zuließ. Sie schlief neben ihm ein, die Hand erhoben, wie um nach seinem Ohr zu greifen, was sie als kleines Kind gerne getan hatte. Die Hand fiel, es durchzuckte ihren Körper, als träumte sie in einem ersten leichten Schlaf vom Laufen, ihr angezogenes Knie schlug gegen seinen Oberschenkel, und er dachte, dass er das niemandem erzählen durfte, dass seine dreizehnjährige Tochter neben ihm einschlief. Oder war das hysterisch?

Wie eigenartig es war, Josef wieder in seinem Leben zu haben, wenn auch nur am Rande, wurde ihm bewusst, als er Manuel davon berichtete. Kurz, beiläufig, ohne auf Manuels hochgezogene Augenbrauen – ihr habt euch gekannt? – näher einzugehen. Ein Anflug von Hitze huschte über sein Gesicht. Mit Josef hatte er nun wirklich nichts gemein, mit Josef, dem Traumtänzer, oder eher dem geschickten Darsteller der verträumten Künstlerseele. Josef und er waren in völlig verschiedenen Lebensrealitäten gelandet, allein schon die Vorstellung, Josef könnte Nachkommen haben, an denen er hing, für die er sorgte, war lächerlich. Josef mit dem sicheren Gefühl für die richtigen menschlichen Hintergründe, die richtigen Kontexte und Widersprüche, die seinen Glanz womöglich noch verstärken konnten. Sofern das noch ging. Und Alice war drauf und dran, sich solche Fertigkeiten abzuschauen, keine allzu positive Entwicklung, da sollte er sie ein wenig einbremsen. Wenn er denn gewusst hätte, wie. Er sah das, durchaus kritisch, und trotzdem hinderte es ihn keineswegs daran, nervös zu werden, wenn er Josef gegenüberstand.

Der Umstand, dass er Manuel von ihrem erneuten Kontakt berichtet hatte, deutete möglicherweise auf eine langfristige Planung seines Unterbewusstseins hin, das eines Tages Unauffälligkeit als Tarnmittel einsetzen wollen könnte. Vielleicht war er aber auch ein Beweis für die unschuldige Selbstverständlichkeit, mit der Michael für einen ehemaligen Freund einen kleinen Raum in seinem Leben einrichtete. Freund. Er zögerte. Ein Freund war definitiv genau das Gegenteil von dem, was Josef einmal für ihn gewesen war. Eine heftige Leidenschaft, nein, eine kurze Affäre, die ihn, Michael wesentlich schmerzhafter verbrannt hatte als Josef, der weitergezogen war wie immer, auf 180 wie immer. Und dass Josef weiterziehen würde, war ihm eigentlich klar gewesen, er hatte dieses Wissen bloß geschickt vor sich selbst verborgen, hatte sich in Josefs Worten gewiegt, die geflüstert und geschrien etwas von Gefühlen erzählten, die Michael überwältigten.

Er betrachtete die Birke. Schon sommerspinatgrün, und das Wetter ein einziges Elend. Wieder viel zu viel Zeit für Josef eingeräumt. Dummkopf, sagte er und wusste nicht, wen er damit meinte.

Dabei freute er sich jeden Morgen, wenn er neben Manuel aufwachte. Eine tiefe Freude, die sich über ihn legte wie ein warmer Frühlingstag. Mein Mann, dachte er, dann setzte er sich auf, um die Beine mit Schwung aus dem Bett zu hieven. Ich bin ein anderer, dachte er. Ein Angestellter mit einem unspektakulären Job, der seine Familie liebt und seine Arbeit mag. Zumindest meistens. Es gibt immer Teilbereiche, die man verabscheut. In seinem Fall waren das Deliverables, Projektberichte, Rechtfertigungen für die Untersuchungen an versteinerten Samenkörnern ausgestorbener

Pflanzen, auch wenn das nun genaugenommen nicht sein Kernarbeitsgebiet war, aber dafür ließ sich in Zeiten von Saatgutverordnungen Geld lukrieren, oder an seinen Lieblingstieren, Ammoniten, deren Schönheit er nicht erklären wollte, und die Notwendigkeit für eine Arbeit daran schon gar nicht. Ammoniten, Mennoniten, Stalagmiten. Lauter Forschungsgebiete, die die Welt als überflüssig betrachtete. Unangenehm stieß ihm auf, dass er damals zu schüchtern gewesen war, um direkt zu sagen, wenn Josef ihm wehtat, was vorgekommen war, stattdessen hatte er gefragt, ob die Sache, die sie gerade aneinander verübten, Josef nicht schmerzte. Dummkopf. Josef, unbekümmert, hatte verneint, ohne je die erwünschte Gegenfrage zu stellen. Geschieht dir recht, sagte Michael zu seinem längst verblassten Ich. Kein Schutz vor dem Schmerz durch Imprägnierung des Innersten. Und jetzt konzentrieren wir uns wieder auf die Präparation und Dokumentation dieses Fundstücks. Seltsam auch, diese Verschiebung von k zu g bei *Stalaktiten* und *Stalagmiten*, als wollte sich das Schriftbild der Form anpassen.

Außerdem begriff er schlagartig, dass er sich mehr um Alice kümmern musste. Klar, er war stolz gewesen auf sein Mädchen, stolz auf ihr Selbstbewusstsein, ihre Eloquenz, ihr Stilempfinden, aber mit der Schadenersatzsache war sie zielsicher in etwas hineingeschlittert, was ihr über den Kopf wuchs, und ihm und Susanne auch. Das hieß, er musste mit Josef reden, denn Josef könnte sicherlich etwas unternehmen, um die Agentur dazu zu bringen, die Klage zurückzuziehen. Josef, verflucht.

nG:
Und manchmal werden in Tiergehegen auch Kinder gefressen. Doch, alles schon vorgekommen. Ich frage mich, wie so eine Raubkatze die Kleidung verdaut: Gewöll?

20.5.

Bin mit Lara und Papa im Tiergarten gewesen, diese in ordentlichen Gehegekaros verwahrten Tiere haben aber auch was Erschreckendes. Bilder folgen. Stattdessen ein Nashorngedicht:

Wenn Nashornnasen schrecklich niesen
Kann Nashornhörner das verdrießen
Selbst dickste Häuter hängen drum
Im Winter lieber drinnen rum.

Aber jetzt ist es endlich warm, der Winter stolpert in den Sommer. nG

17.5.

Zebrastreifen, Schlangenleder. Macht doch glatt jedes Jahr wieder wer auf Safari, auf Wohlstandsweiße im Savannenoutfit, vielleicht ergänzt von ein paar schwarzen Guides. Fast so schlimm wie die Indianerhaarschmuck-Fransenledertunika-Karnelvalsgeschichten, die auch immer wieder kommen müssen, warum geht das nicht in so blasierte weiße Hirne hinein, dass das nicht lustig ist? Abgesehen von der Tatsache, dass Gehirne keine Hautfarbe haben, oder etwa doch?

Wobei: eine grünblau schillernde Hautprojektion, ein Schlangenkostüm mit pfauenfedrigen Schuppen, das hat schon was. Ein bisschen Manga und Menschenlindwurm. Finde ich ja auch ganz interessant, dass man Drachen mal als Würmer, mal als Schlangen bezeichnet, dabei sind sie doch eindeutig Reptilien, oder? Die kollektive Horrorerinnerung an eine Kreuzung aus Flugsaurier und Tyrannosaurus Rex, würde ich sagen, wenn unsere Vorfahren damals nicht die Größe von Mäusen gehabt hätten. Aber seltsam ist es doch, dass Drachenartiges in so vielen Weltgegenden mythenseitig auftaucht, als wäre die Vorstellung ganz tief in unserem Säugetiergehirn verankert, Hypophyse oder so. Meine These, euer nextGirl.

12.05.

Manchmal hätte man gerne einen Drachen, um durchs Dach zu fliegen. Unterm Dach stattdessen Archivanalyse, wie im Museum, Stück für Stück (weil grad kein Drache vorbeikommen will):
aber
Hosenanzug, samtig; Schneckenhauspullover, Gummirosenrock, Schuppenstretch, Farbeinkehr, spiegelbesetzt; hochfliegendes Sommerkleid (das kanns nicht mehr erwarten) plus Moonboots, die hässlichsten Objekte, die ich kenne, doch nützlich bei Schlechtwetter, machen die Sommersehnsucht locker wett.

Anders gesagt: Spätherbst Frühwinter Hochwinter Umbruch: Nullstelle Spätwinter Vorfrühling retardierendes Moment: immer noch Vorfrühling Rückfall Eisheilige, ja, es gibt auch Eisheilige mit Eisheiligenschein:

Sagt man so bei uns. Wieso die so heißen, habe ich Susanne gefragt (sie will übrigens, dass ich sie so nenne, ich finde es ja irgendwie schon wieder interessanter, Mama zu sagen, so peinlich, schon wieder gut, na gut, irgendwie halt). Werden Heilige nicht eher verbrannt? Sind die erfroren? Hat die ein Mördertrupp nackt und gefesselt im Winterwald sich selbst überlassen? Ist es, weil Erfrierungsspuren auf der Haut Verbrennungen so ähnlich sind? Muss man gelyncht werden, um heilig zu sein? Wobei es ja heißt, das Erfrieren sei nicht so schlimm, was ich nicht ganz glaube, ich meine, sicher besser als zu verbrennen, aber trotzdem, die Vorstellung ist grässlich, dem langsamen Erstarren der Extremitäten tatenlos zusehen zu müssen. Was mich zu der Frage bringt, die ich mir schon so oft gestellt habe, seit ich begriffen habe, dass man nicht ewig lebt: Warum gibt es keine schlichte, schöne Todesart? Warum kann man nicht sagen, jetzt habe ich genug gelebt, heute wäre ein guter Tag zum Sterben, auf Wiedersehen, oder auch nicht, wir werden es sehen, vielleicht kommt nichts, vielleicht kommt alles, war nett mit euch, und tschüss?

Ich werde mich da mit meiner Oma zusammentun, hab nur noch eine, und den anderen Opa, die sich aber untereinander nicht zusammentun wollen, wobei das doch so praktisch wäre. Die sagt auch immer, sie will schnell abtreten, am liebsten einschlafen und nicht mehr aufwachen. Warum kann man das den alten Leuten nicht gönnen? nG

Weisenrat: Uh, da begibst du dich aber auf vermintes Gelände.

nG: Und warum nicht?

ExterneExpertin:
Da hat man sofort die Euthanasiedebatte am Hals. Sehr komplex.

nG:
Totschlagargument. Drogen, sagt meine Oma, sollte man auch gleich freigeben, ab 70, 75: Drogenbezug aus der Apotheke. Für den Weiterverkauf an der nächsten Ecke?, frage ich. Da spendiert sie mir ein Eis.

10.05.

Eine Botschaft in eigener Sache: kein Croudfunding, Krautfindung, sondern: Croudsupporting, Krautsuppentopfing, Borschtsching: Wenn ihr weiterhin UNABHÄNGIG, FREI und KRITISCH informiert werden wollt, dann braucht dieser Blog eure Unterstützung JETZT!
Ihr könnt euch in die UNTERSTÜTZUNGSLISTE eintragen, den Link posten, retweeten, was immer ihr wollt, es hilft, euer NextGirlInTown, bittedanke!

08.05.

Jetzt wieder Grunge, superangesagt. Zeitgleich ein Shitstorm nach dem anderen: Wer missbraucht welche Sozialleistungen, faule Hängematten-inländer versus böse Wirtschaftsflüchtlingsausländer. Zwei Wissenschaftler rechnen vor, wie man von 132 Euro im Monat leben kann; Susanne sagt, das kann uns auch blühen, wenn es so weitergeht, Wintermantel um 9 Euro, „abwechslungsreiche Kost" um 68,09 pro Monat. Dann doch lieber Mülltonnenkochen. Naja, Mamas Art, Witze zu machen. Alles nur ein Zeichen von Nervosität, auch wenn sie immer sagt, ruhig bleiben, Nerven behalten und kein einziges Mal: Was hast du denn da angerichtet?, was, verdammt noch einmal, hast du dir dabei gedacht?, sie weiß ja, was ich mir gedacht habe. Dabei wundert mich, dass sie schweigt, Schweigen ist sonst nicht so ihres, sonst sagt sie: Wir setzen uns zusammen und besprechen das. Im Augenblick gibt es nichts zu besprechen, das heißt es. Unheimlich, da könnte man Angst kriegen. Ich weiß, dass Susanne und Michael sich heimlich getroffen haben, ohne mir was zu sagen, Papa hat sich verplappert, verschrieben, die Instantmeldungen fliegen tief, es simst und zwitschert, dass es nur so rauscht. nG

5.5.

Die Vorstellung, sich nicht mehr öffentlich äußern zu können, ist grässlich, jetzt sehe ich das erst. Verleumdungsklage: üble Nachrede und wasweißichnochalles, Kinder, ich bin vor dem Gesetz noch ein Kind. Liegt alles auf Seiten des Providers, providerseitig. Noch hält der Provider, was er verspricht, und sonst:

Die werden mir den Blog nicht schließen,
den Mund werd ich nicht halten.

postet!

repostet!

…

$(re)^n$postet, eine Postflut (n = 1, 2, … viele).

nG

1.5.

Zum Kotzen! Mehr sage ich heute nicht. nG

Bianca:
Manchmal erbreche ich den Wurm ein Stück weit. Ist mir tatsächlich schon passiert, beim ersten Mal dachte ich noch, der lange bleiche dickliche Körper würde mich zerreißen. Zumindest fühlt es sich so an, als ob er dick wäre. Ich weiß ja nicht, was sein normaler Bauchumfang ist. Alles an ihm ist monströs. Woran sollte ich sonst würgen. Der Finger im Hals, das kennt man ja, wer hätte das noch nicht probiert? Früher oder später wird man schwach und isst etwas, und dann helfen nur noch drastische Maßnahmen. Und wie

das schmeckt, so richtig nach Halbverdautem, nach Ausscheidungsprodukten in einem frühen Stadium, Darmkrebs im Endstadium, wie mein Würmchen eben, je nachdem, wie weit ich komme, wie weit er vorgedrungen ist. Dann stopfe ich ihn aber schnell wieder hinein, nun ist er es, der mich würgt. Er kämpft. Na gut, möchte ich ihm sagen, dann kotz ich dich eben aus, dann kannst du sehen, wo du bleibst! Doch ich weiß, dass mir das nicht gelingt, dass dieses Vorhaben auf halbem Weg zum Stillstand kommt. Bis jetzt noch immer.

Andererseits kann es durchaus lustig sein mit dem Wurm, dann gurgelt der Darm ein bisschen. Liegt wohl an den Glückshormonen. Das wollte ich natürlich genauer wissen: Wieso Darmwände eigentlich Neurotransmitter ausschütten?

> ExterneExpertin:
> Die Darmwand besteht aus 200 Millionen Neuronen. Ein einziger Schlauch aus enterischen Nervenzellen. Der Darm ist das zweite Gehirn.
>
> > Bianca:
> > Vielleicht sollte man das erste daraus machen? Schaden könnte es ja nicht, wenn man sich so umsieht. Ein zufriedener Darm im Serotoninrausch schießt kein Land in Schutt und Asche für das richtige dystopische Gameambiente.
> >
> > > Weisenrat:
> > > Die einzige passende Reaktion verkneift er sich jetzt, der Darm. Sonst werden wir wieder rausgeschmissen. Immer diese anarchischen Assonanzen!

ExterneExpertin:
The noise is the signal, oder?

NeuUndFrisch:
The noise is the massage.

30.4.

Die hängen uns noch eine Schadenersatzklage an, und die Summe, die sie fordern, ist so unglaublich, dass sie einem im Hals steckenbleibt, wenn man versucht, sie auszusprechen. Rufschädigung, Unterlassung unwahrer Behauptungen, da muss ich doch glatt zum Gegenschlag ausholen: Verleugnung statt Verleumdung, jedes Wort wahr, persönlich aufgeschnappt und mitgeschnitten. Die Agentur sagt, die Casting-Agentur ist schuld, und die sagt, es werden ausdrücklich so extrajunge Mädchen angefordert, Klagen über Klagen. Gegenklagen. Die haben ja keine Ahnung, mit wem sie sich anlegen, diese Digital Naives: Wer sich ins Netz begibt, geht darin unter!

Also verlinke ich jetzt einen Zeitungsartikel, da kann niemand klagen. Wir starten eine Linklawine, Leute, postet, repostet, rerepostet und shitstormt, bis das wifi glüht! nG

Das Blatt

Jugendliche Bloggerin von Konzern bedroht!
Steht unsere Netzfreiheit auf dem Spiel?

Die Fotoagentur [redacted] zu deren Kunden so berühmte Namen wie [redacted] und [redacted] zählen, lässt ihre ganze Marktmacht spielen, um Alice W., eine junge Bloggerin, die seit einiger Zeit höchst erfolgreich unter dem Namen NextGirl über Mode schreibt, zum Schweigen zu bringen. Alice W. hatte in ihrem Blog das Thema minderjähriger Models aufgebracht und die Praktiken mehrerer Agenturen angeprangert, die ihrer Darstellung nach den von abhängigen Subunternehmen vermittelten Models hohe Kosten für die Castings in Rechnung stellten. Die größtenteils blutjungen und unerfahrenen Mädchen würden so in Abhängigkeit von der Agentur geraten und in eine Schuldenfalle schlittern. *(red)*
Link: dasistkeinblog.com

27.4.

Jetzt habe ich also zwei Väter. Auf der Heimfahrt haben Michael und Manuel ein bisschen im Auto gestritten, aber dann haben sie sich umgedreht und gesagt, dass sie irgendwie beide meine Väter wären. Wenn jetzt noch Mama einen neuen Mann hat, habe ich gesagt, dann seid ihr zu dritt. Und danach sieht es aus. Sie haben gelacht.

Obwohl Susanne sehr traurig war. Ich meine: wirklich traurig. Zum Glück war ich da. Wochenlang war sie blass wie ein Schatten, der in den Nächten in der Wohnung herumschleicht. Dabei immer Licht, wenn ich aufgewacht bin, daran erinnere ich mich genau, obwohl ich damals wirklich noch sehr klein war, grade mal sieben. Da hat es wohl mit ihrer Vorliebe für Nachtdienste angefangen, Dienste, wie sie das nennt, als Anästhesistin in einem Krankenhaus. Ich habe lange gebraucht, um das richtig schreiben zu können. Die Dienste, sagt sie immer, haben sie aufgerichtet. Dass Papa schließlich nichts dafür kann, wenn er so empfindet, wie er eben empfindet. Und dass sie genau das immer besonders empört hat, dass sie ihm nicht einmal etwas vorwerfen konnte. Ich möchte was zerreißen, sagte sie immer, und ich habe ihr gesagt, dass sie ruhig meinen Polster zerfetzen kann. Da hat sie gelacht. Das hättest du gerne? Ich drauf: Ja. Das kann ich mir vorstellen, sagte sie. Und dann haben wir gemeinsam meinen Kopfpolster zerrissen, bis endlich die Federn flogen.

Noch Monate später kamen die aus irgendwelchen Ecken hervorgetrudelt. Daraus habe ich mir übrigens ein Kleid gebastelt, ein Papierkleid mit Federbesatz, eigentlich ein Prototyp des Schneeköniginnenkleids von Alexander McQueen, wenn ich es mir so überlege, bitte sehr:

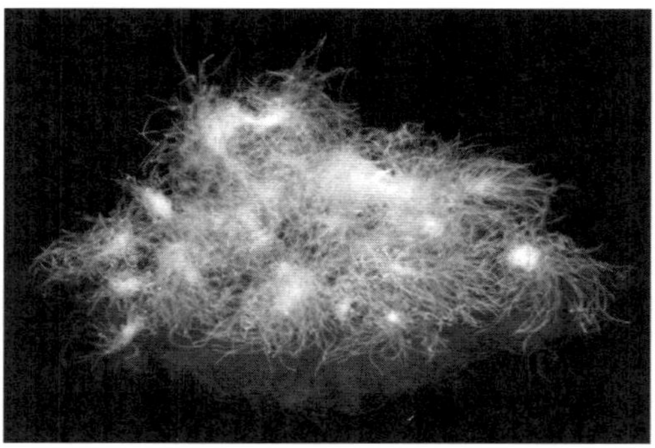

Oder auch nicht. Ganz so gut habe ich es nicht hingekriegt. Eigentlich eher ein Tunnel, ein Federumschlag. Mein absoluter Lieblingsdesigner gleich nach Josef, und traurig, dass ich erst durch seinen Tod auf ihn gekommen bin, viel zu spät, immer das Gleiche.

Geteert und gefedert. Muss man sich einmal vorstellen, so richtig, dieses Ausgestoßensein, dass die Leute sich plötzlich vor dich hinstellen und einen Kreis bilden und sich auf dich stürzen und dich teeren und federn. Die Leute, zu denen du doch eigentlich dazugehörst. Wenigstens tut es nicht weh, hoffe ich jedenfalls. Papa habe ich eine Zeit lang wirklich gehasst. Vor allem für seine Schwäche, zumindest dachte ich, es wäre Schwäche, so einfach den Gefühlen nachzugeben. nG

25.4.

Das Real Life ist für uns alle Neuland. Da bastelt man sich einen Real-Life-Avatar, der geht dann etwas verschlafen in die Schule und erledigt die Hausaufgaben und kauft auch einmal ein, wenn Muttern keine Zeit gehabt hat, während man selbst, schwupps, schon wieder durch ein Hyperraumwurmloch gefallen ist und als pinkhaarige Kämpferin auf einem Titanmond mit postapokalyptischen Zuständen aufräumt. Da gibt es immer was zum Aufräumen auf einem sich selbst überlassenen Mond. nG

> Bianca:
> Der Wurm war mein Glücksfall. Zog mich aus dem Sumpf des Posthypes. Als ich von all den diagnostischen Interventionen zurückkam, begriff ich das noch nicht, ich war völlig erschöpft. Fertig. Eddie kümmerte sich um mich, das war wirklich sehr nett von ihm, und der Umstand, dass der Kropf schon wieder gewachsen war, er-

schien mir nicht mehr ganz so schrecklich. Eddies Hand streichelte meinen Hintern, ich denke, dass mein Darminhalt tatsächlich etwas geschrumpft war, was es mir zumindest leichter machte, am Bauch zu liegen. Wir machen da was draus, sagte Eddie, und zum ersten Mal widersprach ich ihm: Ich, sagte ich, mache was draus. Ja, ist ja gut, sagte er. Ich könnte schließlich doch noch Mathematik studieren, wenn ich mich hier erst einmal dumm und dämlich verdient haben werde.

Ich meine, ich mache diesen Job schließlich nicht, weil mir nichts Besseres einfällt oder weil genau diese Arbeit genau jetzt unbedingt getan werden müsste. Ich mache ihn, weil ich die Fähigkeiten dazu habe. Weil er mir Spaß macht, das auch, das ist ja das Mindeste, was man fordern muss. Weil ich die Anforderungen spielend und ganz ohne Umwege über langwierige Ausbildungen beherrsche. Das erklärte ich auch Eddie, und er war auf einmal zärtlich wie selten, ich weiß, flüsterte er und küsste das Halsgehängsel. Bis auf die Partys vielleicht. Stimmt, sagte ich, und er begann zu knabbern. Das hat was von Hämorrhoiden, sagte er. Wie krank er wäre, fragte ich, er behauptete, dass das Hässlichste und das Schönste sich auf der dunklen Seite wieder träfen. Und überhaupt sei doch ich diejenige, die hier krank wäre. Wie es meinen Allergien ginge? Pass nur auf, dass du nicht zu dürr wirst. Ja, wie denn, entgegnete ich, passt ja nichts mehr in mich rein. Nichts mehr?, fragte er, und ich musste lachen, weil ich diese Frage so offenkundig provoziert hatte, ich dachte, sagte ich, du hättest eine andere. Man sieht dich so selten. Ja, sagte er ernst, schon möglich. Aber es ist vorbei. Ich wollte das aber im Augenblick gar nicht so genau wissen, ich konzentrierte mich lieber auf seine Untersuchung meiner dunklen Seite.

22.4.

Nun zum Verschwinden im Computer, das Eltern so regelmäßig verärgert: Machst es ja selber, sage ich beispielweise zu Papa. Überhaupt seit ich dich mit Josef zusammengebracht habe. Da wird er zum ersten Mal seit langer Zeit richtig wütend: Du mich mit Josef zusammengebracht? Er schnappt nach Luft, richtig beängstigend. Ja, was glaubst denn du, wie wir in die Silvestershow hineingekommen sind? (»Ja, was glaubst denn du?« heißt: wirklich grantig.) Ich werde dir einmal eine Geschichte erzählen, sagt er, und in dem Moment kommt Manuel daher, drückt ihm einen Kuss in den Nacken und fragt, was es noch im Kühlschrank gibt. Und damit ist diese schöne Sache hinfällig. Als ich ihn später, als Manuel ebenso grantig einkaufen gegangen ist (ihr kümmert euch auch um nichts, stellt er noch fest), nach der Geschichte frage, tut Papa so, als wüsste er nicht, wovon ich rede.

Ich in der Zwischenzeit schon im nächsten Level, im Lithiumkrater, und erledige einen Goldverkäufer, der mir ein Ausrüstungsupgrade anzudrehen versucht. Da kommt Freude auf! Und als ich den beiden davon berichten will, und ihnen erkläre, was es mit diesen Goldsellern auf sich hat, dass die die Spiele kaputtmachen, weil sie erstens total unfaire Vorteile verkaufen und einen zweitens auf dubiose Websites locken wollen, damit man dort seine Kreditkartendaten parkt, und wenn ich einen abschieße, dass der dann wieder ganz von vorne anfangen muss, sagt Manuel, das wäre aber ein wenig martialisch, und sieht Papa so zweifelnd an, fein hochgehobene Augenbrauenbögen. Dann sage ich was von wegen Mangakomplex, und Papa fällt wieder ein, dass er eigentlich was erzählen wollte. nG

> RettetDenTeebeutel:
> Da könnte man jetzt ganz viel zu sagen zum Thema freier Markt beim Gaming.

NeuUndFrisch:
~~Ein deutscher Teebeutel, sich an!~~

21.4.

Das Liebesgefühl im immerwährenden Vorfrühling (Wintereinbruch Anfang April) verläuft sich glatt in Winterstiefeln. Deshalb heute Ersatzprogramm: Stellt euch vor, die Jahreszeit würde normal funktionieren, können, was sie können sollte, ihr könntet im Gras liegen und Eis essen und den Wolken beim Vorbeiziehen zusehen. Wobei Eis essen im Liegen eine spezielle Herausforderung ist, deshalb besser: echter britischer Picknickkorb auf echter britischer Picknickdecke und dazu echtes britisches Sommeroutfit, ein giftgrünes Twinset mit verkehrt hängenden Minibären drauf zum Beispiel (selbstdesignt, selbstverfertigt, also das Twinset handelsüblicher Rohstoff, die Vollendung courtesy of me, myself and I, ja, du glaubst noch an altmodisches Handwerk, sagt Josef, und grinst mich an: selbstmordgefährdete Teddybären in Rot auf grünem Wiesengrund, damit man gleich diese Erdbeeren-mit-Schlag-Optik hat). Und Gummistiefel, die echten, das Echteste Britischste Sommerlichste Outdooroutfit von allem überhaupt, Outdoor hin oder her. Mit passendem Regenhut, sowieso. Dann tun wir ein bisschen upperclassmäßig oder wenigstens so, als wären wir Freiwillige, Hausfrauen und Pensionisten beim National Trust oder British Heritage, die picknicken nämlich nur auf markierten Picknickwiesen, nicht so schamlos anarchisch wie wir. Und jetzt könnte man eine kleine Auslassung zu Klassensystemen einschieben, na, Internetrauschen? nG

Bianca:
Die lassen sich heute nicht provozieren, die Weisenräte und Expertinnen dieser Welt.

ExterneExpertin:
Was bitte ist das für ein Weltbild: Hausfrauen und Pensionisten? Ich dachte eigentlich, die Tensomethings sind ein wenig feministischer als so Hipster wie wir.

nG:
Ja, zum Heulen, :'C, oder mehr Anime: (T_T), meiner Seel!

Bianca:
Was da gewesen wäre, fragte ich Eddie erst am nächsten Tag, und er murmelte etwas von einer zu Ende gegangenen Beziehung, und dass es ihnen schwergefallen sei, sich mit der Tatsache abzufinden, dass es eben nicht mehr funktionierte, aber dann sei ich in sein Leben getreten, und das habe ihn völlig umgehauen. Nur habe er es eben nicht sofort geschafft, sich völlig zu lösen, und das müsse ich verstehen, man habe da noch so eine Restverbundenheit, das verschwinde nicht von jetzt auf gleich und so weiter.

Gibt es noch mehr, das ich nicht weiß?, fragte ich. Gibt es Kinder? Nein, sagte er. Aber das werde er mir ein andermal erzählen, da denke er nicht gerne daran. Das sei jetzt auch nicht der Punkt, sage ich großzügig. Wie das mit der anderen sei, meiner Vorgängerin, der Frau Restverbundenheit. Ich glaube, ich ging so weit zu sagen, dass er sich in Sachen Restverbundenheit ruhig ins Knie und so weiter, wenn er daran denke, sie noch einmal auszutesten. Er schwor natürlich hoch und heilig, doch das führt hier alles zu weit.

nG:
Heulen wird überschätzt. ><(((°>

20.4.

Heute Material, das zeigt, wie Bianca in ein Outfit eingenäht wird, Stoffhaut über Tierauswuchs. Das nennt man wohl Schallmauer. Also das, was hier mit vollem Körpereinsatz durchbrochen wird, und zwar von Bianca, die Schallwellen kommen vor lauter Aufregung ins Stolpern, die Definition der Schallmauer, wenn ich das richtig verstehe. nG

Bianca:
Tatsächlich war Josef ganz entzückt von meiner jüngsten Beule, dem Kronjuwel der Hässlichkeit, so sagte er, und dabei war es echt noch süß klein. Erst, als ich ihm die ganze Sachlage erklärte, begriff ich selbst, was ich da für Material in den Händen hatte: die performative Deformation.

Der Wurm ist nämlich ein Wanderwurm. Die Darmhaut nimmt er mit, sagt die Diagnostik meines Vertrauens, so viel Aufwand darf sein. Müsste er nämlich nicht, er könnte sich auch direkt durch die Organschichten bohren, wenn er wollte, zumindest, wenn er nicht ganz so groß wäre, und ich bin ihm durchaus dankbar, dass er davon Abstand nimmt. Er mag diese Nervenhülle samt Serotoninausschüttungen, vermute ich, ist schließlich ein Bewohner des Verdauungstrakts, und der emittiert ganz stimuliert unser kleines

Glückshormon, ohne den mein ach so dehnbarer Körper das alles nicht aushalten würde. Nehme ich an.

Ich kann mich verformen. Ich kann den Grad an Verunstaltung verändern, den ich anzubieten habe. Nicht auf Zuruf, aber vielleicht kommt das noch. Vielleicht wachse ich mit meinem Wurm zu einem so guten Team zusammen, dass auch das geht. Mit ein paar meditativen Verrenkungen. Jedenfalls kann ich mich in Form bringen. Ich kann angesichts einer Kamera eine Professionalität in mein Gesicht beordern, die ihresgleichen sucht. Keine Ahnung, wie ich das mache. Sucht sie überhaupt? Sieht Professionalität nicht eher allem gleichermaßen ungerührt entgegen, soll passieren, was will, ich bin der Situation gewachsen? Mein Inneres ist aufgeschlossen, umstülpbar und solchermaßen freigiebig.

19.4.

Als ich Bianca kennenlernte, war sie in einer internen Umorientierungsphase, wurmtechnisch, nur wusste ich das noch nicht. Sucht das Bild doch selber! nG

Bianca:
Zwischen den Umbauphasen seiner Wohnhöhle ruht er sich ein wenig aus in meinen Innereien. Da legt er schöpferische Pausen ein, könnte man sagen, auch wenn ich noch nie gesehen habe, dass Leute wie Josef eine Pause einlegen. Können die gar nicht. Immer weiter, und ich wundere mich manchmal, wie lange ein Mensch das durchhält.

18.4.

Moral ist die Rache der Bedeutungslosen, sagt Josef. Da hat ihn wer in der Presse angegriffen, Unterkanaldeckelniveau, sagt er, die Kinderschänderkiste, minderjährige Magermodels, wenn ihnen gar nichts mehr einfällt. Moralinsäure ist die Munition der Machtlosen. Wird schon so sein. Wann hat er das nur gesagt? Oder habe ich das nur geträumt? Manchmal träume ich von Filmrissen:

Und ich kann mir nicht vorstellen, dass die Vergangenheit wirklich war, das sind doch nur Erinnerungen meiner Denkfabrik da oben, und ich will denken, die Welt begreifen, das muss doch möglich sein. nG

15.4.

Bin mit den Erzengeln zu einer Manga-Messe gefahren. Ein Hobby von Manuel. Übrigens muss ich mir selbst widersprechen: Die meisten der Kostüme sind doch ausgesprochen langweilig, weil sie immer nur bestimmte Figuren nachbauen, nix Eigenes.

Als ich mir am Klo die Hände wasche, kommt einer mit so einer Anonymous-Maske aus einer der Kabinen, ich denke mir noch, was hat die hier verloren, sind Mangafans, Animistas, keine Piraten, und der Typ stellt sich neben mich vor den Spiegel. Ich war gleich sicher, dass das ein Mann ist, doppelt nichts verloren hier, und ich vermute, dass er mich ansieht, dabei erkenne ich nicht einmal die Augen. Ich denke: Die Agentur schickt einen anonymen Avatar. Übertrieben, klar.

Ich will gehen, nicht zu schnell, aber entschieden, hat man ja oft genug gehört, dass man bei Hunden und Fremden keine Angst zeigen soll, ich bin schon in der Tür, da ruft er mir nach: The other way round. Ich bin so überrascht, dass ich mich umdrehe und ihn anstarre, sorry? Und er zeigt auf seinen Kopf, während er an mir vorbeigeht und den Raum verlässt: your hair. Verkehrt, meint er? Ich besehe mich noch einmal im Spiegel, verdrehe auch wirklich brav die Perücke, vertausche vorne und hinten, Stirn- und Nackenseite, und ich muss sagen, es sieht bescheuert aus, denn nun stehen die Kunsthaare so ab, dass man den falschen Haargrund sieht, ein hässliches grobmaschiges Netz. Es lohnt sich nicht, Geld in ein billiges Produkt zu investieren, man sollte keinen Müll kaufen, ärgert man sich nur, und weg ist das Geld trotzdem. Sag ich ja, und halte ich mich dran? Ich schmeiße das Ding weg, einfach so, in den Müllbehälter aus Metalldraht, der mit einem riesigen blauen Sack ausgekleidet ist, da gehört es hin: Hässlichkeit zu Hässlichkeit.

Als ich wieder in der Messehalle bin, muss ich lachen, denn irgendwie hatte der Anonyme ja recht, es stimmt, dass die Dinge jetzt verkehrt herum liegen: Er ist vor mir gegangen, geflohen sozusagen, während ich vergessen habe, was ich unheimlich fand. Ich erzähle Papa davon, und er wird blass. Aber er fasst sich rasch, jetzt weiß ich, was das bedeutet, man kann richtig dabei zusehen. Er meint, die Hauptsache wäre, dass mir nichts passiert ist. Passiert? Von so einem dahergelaufenen Angreifer, sagt Papa, soll ich mir die Freude am Verkleiden nicht verderben lassen. Aber er hat mich doch gar nicht angegriffen? Ich bin meinem Vater aber sehr dankbar, dass er so besorgt ist, und ich sage ihm, dass ich mir nichts verderben lassen werde. nextGirl.

12.4. (später)

Bei Sonnenmangel im Nichtfrühling: der Scheinheiligenschein. Handlich, transportabel, immer aktuell.

Eigentlich wollte ich mich heute auf Perücken konzentrieren, ich habe auch schon eine im Blick, mit der ich dieses grässliche Nichtfrühlingswetter verdrängen kann, der Frühling hat nämlich Siedeverzug. Eine dicht gekräuselte blaue, die nach Watte aussieht, nach Zuckerwatte genau genommen, doch dann ist mir so eine blöde Sache passiert, und ich musste leider über etwas anderes nachdenken: Wie das ist, wenn einem etwas wirklich leid tut. Ja, ich gebe es zu, manchmal passieren mir Dinge, die ich im Nachhinein nicht mehr so in Ordnung finde. Besonders ärgere ich mich dann, wenn ich merke, dass ich dasselbe tue wie alle anderen. Hat mich einer geärgert in der Schule, habe ich mich gerächt in der U-Bahn: ihn aufgenommen auf der Heimfahrt, wie er mit Ohrstöpseln und Döner dasitzt und blöd aussieht und versucht, mich am Filmen zu hindern. (Habe ich schon erwähnt, dass ich Leute hasse, die in der U-Bahn Fastfoodgestank verbreiten? Da bin ich ganz intolerant, sei tolerant, sagt Mama immer, die muss reden.) Dann habe ich ihm gesagt, dass ich das online stellen werde. Hat gewirkt, klar. Ein paar Tage hab ich ihn dunsten lassen und mir dabei aber mehr und mehr gedacht, dass das eine verdammt kindische Aktion war und Angeberei obendrein. Ich meine, nicht dass ich happy slapping betrieben hätte, auch so eine doofe Bezeichnung, was soll am Schlagen glücklich sein, oder glücklich machen? Dabei ist es nichts anderes als Cybermobbing unter Einsatz von Gewalt und Demütigungen. Nein, soweit bin ich nicht gegangen, trotzdem: Tut mir leid, ehrlich.

Dabei fiel mir auf, dass ich zwei entgegengesetzte Bedürfnisse hatte. Erstens: die Sache aus der Welt zu räumen und ihm meinen Standpunkt inklusive meiner Wut zu erklären, damit wir nachher wieder so richtig gute Freunde im nächstgelegenen sozialen Netzwerk sein können. Zweitens: mir selbst zu beweisen, dass das schon alles so in Ordnung war, dass ich also recht hatte, und mein schlechtes Gewissen gar nicht erst wachsen zu lassen. Ihn also in Zukunft noch schlechter zu behandeln, um mich an ihm zu rächen, dafür, dass ich mich ihm gegenüber nicht so toll benommen habe. Da habe ich begriffen, was für ein klares Konzept und verbreitetes Prinzip das ist, andere für die eigenen Fehler abzustrafen. Funktioniert garantiert. nG

12.4.

O. K., alles Schnee von gestern. Von wegen: Heute schneit es.

Was das Alter von Rose betrifft, sagt Roses Agentur, sie wäre von den „Partnern vor Ort systematisch getäuscht“ worden. Das werde ich die Welt ruhig wissen lassen können: Die in Sibirien sind schuld, sagt die Agentur. Hätte man sich denken können. Schlägt doch Wellen, die ganze Sache. nG

Bianca:
Das kommentiere ich nicht. Der Fleischkanal durch den Knochen-

palast ist Brutstätte des Wurms. Der Schlaf des Wurms gebiert Fantasmen.

Wann ich was kommentiere, bestimme ich nämlich selbst: Die Kommentarzeit könnte linear sein, linear absteigend zum Beispiel, gegenläufig. Oder sie könnte Schlaufen bilden, so wie mein Wurm, Zeitschleifen und Wurmabzweigungen: eingerollte Dimensionswürmer.

So eine Nase, wie ich sie gerne hätte, sagte Josef. Ich habe eine dumme 50er-Nase wie nach einer schlechten OP, sagt er und blickt in die Runde. Und keiner widerspricht und sagt, dass genau das ja auch der Fall ist. Das Widersprechen haben sie sich längst abtrainiert. Die tägliche Morgengymnastik: unterdrücken des Widerspruchsimpulses. Wenn ich das hier überstehe, werde ich Rennfahrerin, nein, Unsinn, das wäre mir doch wirklich zu eintönig. Interviewanfragen und Talkshowangebote legen mir dann doch nahe, dass eine Managerin eine gute Sache wäre. Nur wer?

nextGirl:
Da fragst du noch: ich natürlich.

Bianca:
Mein Wert wird von außen bestimmt, durch den Blick der anderen, ich kann da wenig beitragen. Heroin nehmen vielleicht. Auf Heroin strahlst du. Nein, das habe ich derzeit nicht nötig, mein Wurm erledigt das. Doch langsam habe ich es satt, dass das Fremde in mir mehr zu sagen hat als ich.

8.4.

Roses Agentur klagt auf Unterlassung, wie das heißt. Ich unterlasse es jetzt also, irgendetwas über Alter und Rose zu schreiben. Oder über Models und Minderjährigkeit. Übrigens in den USA. Das heißt, ich werde dort vor Gericht erscheinen müssen? Mama sagt, wir haben eine Rechtsschutzversicherung. Josef will sich da nicht einmischen. Die blaue Raupe raucht und runzelt die Stirn. Rose ist übrigens wie vom Erdboden verschluckt. nG

> Bianca:
> Und dass man sich allein deshalb für das Museum entschieden hat, weil eine *innovative Kooperation, die sexy ist und das Publikum dort abholt, wo es steht*, ordentlich gefördert wird, ist auch nur ein übles Gerücht.

5.4.

Jetzt wird es endlich wirklich Zeit für frühlingshafte Flatterröcke. Und wenn man sie mit dicken Strumpfhosen und wasserdichten Outdoorschuhen tragen muss! Aber deswegen heißen die ja: Outdoor. Weil man sie trägt, wenn man vor die Tür geht, was praktisch bei allem der Fall ist, anders gesagt, eine völlig schwachsinnige Bezeichnung.

Und da ist noch so eine Sache, die mich aufregt:

~~Rose hat Schulden bei ihrer Agentur, ist anscheinend üblich. Man verrechnet ihr einfach alle möglichen Castingkosten, lang bevor sie das erste Geld sieht, und dann zieht man ihr die Gebühren gleich wieder ab. Und wenn sie zunimmt oder Pickel kriegt, wird sie heimgeschickt samt ihren Schulden. Die kann sie dann anderswo abarbeiten.~~

Schließlich: Was ist Öffentlichkeit? Nichts als ein Raum, in dem man kritisch und unabhängig auf Missstände hinweisen kann. Den Mund aufmachen. Ich meine, wozu ist Öffentlichkeit da, wenn man sie nicht nutzt? nG

1.4.

Die Wahl des Outfits bedeutet Gestaltung der Außenwirkung. Das ist doch die entscheidende Frage: Wie sieht man sich innen und wie wird man von außen gesehen?

Wer will dieses Ich sein? Und was, verdammt noch mal, hat das mit Brillen, Mützen oder Schuhen zu tun? Was sagt uns ein Hut? Ein Pelzhut, oder besser noch: eine Pelztasse? Ein zur Tasse transformiertes Stück Haut mit Haaren dran, wie nach einem missglückten Zaubertrick bei Harry Potter, auch wenn sich jetzt alle aufregen werden, von wegen wie peinlich und so Nullerjahre, als ob sich das nie irgendwer angesehen hätte. Das Bild kennt man. Haut: die allererste Bekleidungsschicht, und die begrenzt den Körper.

Man kann sich fragen, warum man gerade aus diesem Gesicht raussieht, das, das einen Pickel auf der Nase hat zum Beispiel. Warum man mit diesem Hirn denkt und fühlt, aus genau diesem Körper heraus spricht und aus keinem anderen. Die Fragerei wird zu nichts führen, weiß ich ja. Was die Sache aber nicht weniger rätselhaft macht.

Ich vermute, dass all das in einer Pelztasse steckt (Transfiguration, so heißt das). Eine Sache, die normalerweise sicher keine Haut hat, ist Keramik. Außer glasierte vielleicht, da könnte man noch diskutieren. Pelzbedeckt sind Körper, Fremdkörperteile, höchstens, aber sicher kein Kaffeegeschirr. Gut, hundert andere Dinge auch nicht, aber mit irgendwas muss man ja anfangen: Irritation ist die erste Pflicht bei der Aufmerksamkeitssuche. nG

Bianca:
Man gewöhnt sich an vieles. Der menschliche Organismus ist zwar nicht ganz so dehnbar wie sein Selbstverständnis, aber dennoch erstaunlich flexibel. Ich sollte dem Wurm einen Namen geben. Ein kleines privates Taufritual. Aber bis jetzt ist mir kein passender Name eingefallen, es bleibt vorerst bei: ihm. Da fällt mir ein, dass ich auch nicht weiß, ob Würmer ein biologisches Geschlecht haben. Muss ich den Arzt nächstens fragen.

Mit Namen muss man allerdings aufpassen. Wenn man der Sache einen Namen gibt, dann hat sie so eine Art, manifest zu werden, dann stülpt sie sich in die Realität hinein wie eine Kaffeetasse und drückt ihr das Innerste aufs Auge, oder jedenfalls das, was man dafür halten könnte. Das ist in einem Namen.

27.3.

Bei der key pieces (KPI, Key Point Item, sagt Josef und lacht, das verstehen sogar die Controller), das im Sketch, ich weiß nicht, noch nicht so recht überzeugend wirkt, lässt Josef Rose wieder holen. In Wirklichkeit heißt sie Elzbieta, flüstert er mir zu, aber die bilden sich immer ein, mit so komischen Namen fahren sie besser. Sie hüpft ein bisschen und zeigt, dass das Kleid über der Brust flappt, überflüssiger Stoff, der Wellenberg und Wellental bildet. Kann das wer annähen?, ruft er dem Chefschneider zu, der macht ein paar Stiche, gleich auf der Haut, und ich denke mir, dass er aufpassen muss, dass er die Warzen nicht erwischt. Josef sagt noch, dass

Pelz wieder ganz groß im Kommen ist. Und weil ich mitschreibe, fügt er hinzu: nur aus artgerechter sibirischer Haltung, genau wie Rose.

Jedenfalls: Gelb. Ein natürlicher Feind aller Hautfarben. Finde ich jedenfalls, obwohl ich es eigentlich mag, ich meine, man muss nur an Kindergartensonnengelb denken, und es geht einem gleich besser.

Hier seht ihr mich in Gelb:

Gelb ist schwierig, da muss man gar nicht erst mit Judensternen und Maria Magdalenas kommen. Doch ja, immer auch: Brandmarkungsfarbe, was für ein Wort: Brandmarkierung. Auch wenn die selbst wohl eher selten in Gelb gehalten ist. Da denke ich mehr an Rotschwarz, verbranntes Fleisch eben. Brandmarkierung: Branding. Was für eine Evolution! Sehr strange.

Gelb ist einfach so schon schwierig, zumindest in der Ganzkörpervariante. Zitronengelb ist frisch, das schmeckt man richtig, man kränkelt halt schnell drin, doch wenn schon, dann richtig grell, meine Meinung. Currygelb ist gallig, geht gar nicht, Strohgelb unentschlossen, kann aber im richtigen Kontext auch interessant sein. Dagegen möchte ich nichts gesagt haben. Das hier ist nicht Stroh, nicht Zitrone, auch kein Curry, das hier ist Sonnenblumengelb, das ist das wirkliche, wahre Gelb, das man mit fetter Ölkreide auf Papier drücken kann, bis der Stift abbricht. Und wenn ihr das nicht seht, solltet ihr mal euer Farbprofil überprüfen. nG

Bianca:
Ich glaube, sagte der Arzt bei einer sogenannten Routineuntersuchung, und legte mir die Hand jovial auf die Schulter, was sich nicht so einfach gestaltete, ich bin einen Kopf größer als er: Ich glaube, wir haben die Sache ganz gut im Griff.

nG:
Rose sagt noch, dass Bianca Glück hat wegen dieser Besonderheit (particularity) und dass sonst ganz schnell kein Hahn mehr nach ihr krähen würde, mit 21, schon gar nicht hier, bei Josef, wo Mädchen wie sie gefragt sind, 13, 14 allerhöchstens. Ich frage, Moment, ich dachte, du wärst 17? Na, wäre sie eh, sagt sie, alles nur so dahingesagt, symbolisch gemeint gewesen. Aber ich sehe sie mir genauer an und verstehe nicht, wie ich ihr dieses angebliche Alter je glauben konnte. Ich habe einfach nie darüber nachgedacht. Denn in Wahrheit hat man ja ein recht gutes Gefühl für die eigene Altersstufe, für die Einsortierung oberhalb oder unterhalb des eigenen Standorts, die Katalogisierung der Altershierarchie, so wie mein Museumswärter das machen würde, alles sauber sortiert und eingeordnet: 13¾, sage ich, keinen Tag älter.

24.3.

Backstage dabei zu sein ist immer interessant: dem Unfertigen beim Fertigwerden zuzuschauen. Rose ist wirklich speziell, mit erstaunlich rundem Gesicht, die hohen Wangenknochen muss man nicht erst betonen, rund um die Rundheit feines schwarzes Haar, denkt man gleich an Schneewittchen. Die Mehrschichtigkeit der Stofflagen kommt in der Drehung zum Tragen, und das Thema: Volumen, Volumen, da muss man sich drübertrauen! Hat diesen 30er-Touch, das riecht nach Bonnie und Clyde, sagt Josef, ganz was Neues, und trägt nicht auf. Weht mehr so geisterhaft.

Zwischen den Garderobenstangen ist mein liebster Ort. Da atmet man die Stoffpartikel ein, auch wenn die Outfits nur leere Hüllen sind, wenn der Geist erst am Körper zum Vorschein kommt, der geht so eine Allianz ein mit dem lebenden Objekt. Die Jahreszeiten sind so Schnee von gestern, ruft Josef mir nach. Nichts mehr mit Frühjahr und Herbst und Midseason, in Zukunft bieten wir Nachschub rund ums Jahr, ständig Neues, Netzgesetz. Weblaw, sagt er und als ich wieder auftauche: Blaw! Die wirklich immer aktuelle Farbe, sagt er in breitestem Dialekt, ich lache.

Wir sind alle eine große Familie, sagt Josef. Ihr seid meine Familie. Papa sagt, ich soll einmal von was anderem schreiben, keine Ahnung, zwingt ihn niemand, den Blog zu lesen. Und Mama lernt jetzt Motorradfahren. Die spinnt. Wie kindisch die eigenen Eltern werden können, sollte man nicht glauben. nG

> Bianca:
> Manchmal ist es durchaus lustig mit dem Wurm, wenn er sich verändern will zum Beispiel? Fairerweise muss ich zugeben, dass er mir immer Zeit lässt, mich an die Veränderung zu gewöhnen. Vielleicht sind es auch die Schmerzmittel, die ihn so träge machen, in der

Veränderungsphase der Körpertopologie muss ich die Dosis erhöhen. Dann setze ich mich vor den Spiegel, nackt, ich habe so einen beiläufig hingelehnten Neorokokospiegel zuhause. Das heißt, wenn ich einmal zuhause bin, nutze ich die Gelegenheit und setze mich vor den Spiegel auf meinen schönsten Sessel, auch der echt alt, echt 19. Jahrhundert, sehe mich an und versuche, ein Gefühl dafür zu entwickeln, wo er gerade ist, ob er zufrieden ist mit seiner Lage oder ob er sich verändern will. Wobei er sich in der Bauchhöhle am wohlsten zu fühlen scheint. Dann kitzle ich ihn, immer im Bauch, das geht ja nicht. Das gibt nichts her, die Welt will was Neues sehen, jeden Tag will die was Neues sehen, und mein transformatorischer Körper ist heiß. Solange er eben transformatorisch bleibt oder performativ, wer will das sagen, @HerrWurm?

ExterneExpertin:
Wangenknochen haben alle, das ist das Mindeste, aufgespritzt wie Hahnenkämme: Hahnenkammsäure. Allerdings hält das Zeug nicht lange.

nextGirl:
Hingelehnter Spiegel? Meine Idee, und ich kann's beweisen. Wo bleibt das ©?

22.3.

Pünktlich zum Frühlingsanfang im Café Equinox: Mama ist frisch verliebt, und ich tu so, als würde ich es nicht merken.

Das Allerneueste bei Josef, von dem ich berichten darf: Sein Schlachtschiffmotiv passend zur Krimkrise, wie er sagt. Man muss immer auf der

Höhe der Zeit sein, und schnell dazu, und Mode ist schnellschnellschnell, merk dir das, Storchenkind. Ich mag den Namen nicht. nG

Bianca:
Allzu lange hält er es aber ohnehin nicht aus in einer Stellung, da muss ich mir keine Sorgen machen. Alle paar Wochen muss er sich umorganisieren, er braucht Bewegung, man wird ja sonst ganz steif. Ich wetze dann auch herum, finde keine Ruhe und keine Beschäftigung, die mir sinnvoll erscheint und bei der ich bleiben könnte. Fototermine sage ich ab in den Brutphasen, ja, ich nehme mir jetzt die Freiheit, das habe ich gelernt. Bringt ja auch nichts, die Verformung muss sich richtig aufgebaut haben, damit man gut arbeiten kann und die Leute Freude dran haben. Ich gebe zu, dass es ein schönes Gefühl ist, wenn jetzt alles nach meinem Buckel tanzt, sonst ist es ja umgekehrt. Das Ausmaß an Verbiegungen, das man auf Zuruf des Kameraauges zustande bringt, ist erstaunlich.

Mittlerweile weiß ich, wie das abläuft: Ein neuer Auswuchs kündigt sich mit einem Weicherwerden des Gewebes an, dann kommt die leichte Einfärbung der Haut, und ich muss cremen, muss aufpassen, dass keine Dehnungsstreifen bleiben, wäre ja kontraproduktiv. Dann wächst es schließlich, beult sich aus, so wie damals, als die Brüste zu wachsen begannen, bleibt manchmal stehen, als wollte sich der Wurm in seinem neuen Hoheitsgebiet umsehen. Die Verformung bildet sich vielleicht zurück, wenn die Behausung nicht ganz den Wünschen des Wurms entspricht, der Rückzug dauert. Das macht mich allerdings unrund, weil ich weiß, dass die Sucherei jetzt von vorne losgeht, so gut kenne ich den Lebensrhythmus meines Mitbewohners mittlerweile. So ein unentschiedenes Herumgetue kostet Zeit, die man besser nützen könnte; zu lange dürfen die Abstände zwischen meinen marktrelevanten Erscheinungsformen nicht werden.

Es rumort also ein bisschen in meinem Darm, dann bricht der Wachstumsherd woanders auf, zu einem Anflug einer Pestbeule zum Beispiel, und die wächst explosionsartig: Beulenpest, wie ich sie mir vorstelle. Dem Wurm gefällt es. Er macht diesmal keine halben Sachen und produziert eine Wucherung, die sich sehen lässt. Das kann mir nur recht sein, der Schmerz auch erträglich, ich brüte, sage ich dann. Ich brüte und verziehe mich auf die Couch und sortiere mein pharmazeutisches Vorratskästchen. Rückzug ist ja manchmal auch ganz nett, für nichts und niemanden zu sprechen zu sein, nichts zu müssen, nichts zu können und einfach abzuwarten, bis in meinem Körper Tatsachen geschaffen sind. Und keine zu hohe Schmerzmitteldosis, das schläfert den Wurm ein und verzögert die Sache, da muss man abwägen: trial and error.

18.3.

Aus dem Leben eines Patchworkkindes: Komme ich zu Papa nach Hause nach so einem besonders öden Schultag. Also manchmal frage ich mich echt, wer die Stundenpläne erstellt, vermutlich werden die automatisch generiert, und nachher sagen alle: der Computer hat. Der Computer kann das nicht anders, als ob niemand das Programm geschrieben hätte, na, egal. Jedenfalls: Ich komme nach Hause, und wer sitzt da im Küchlein mit den Erzenglein, ganz zwanglos und trotzdem etwas, ich weiß nicht, so, als ob er nicht hierher passen würde, als ob so eine ganz normale Küche einfach kein Hintergrund wäre, der ihm entspricht: Josef. Manuel macht gerade eine Apfeltarte und staubt mit Zucker herum, damit die Kanten schön karamellisieren, ich liebe Apfeltarte. Manuel scherzt und Josef sieht ihm zu, die Arbeit mit den Händen, sagt er, ist mir die liebste. Bewundert die Finger.

Papa steht auf und geht um die Kücheninsel. Sie sind so mit sich beschäftigt, dass sie mich kaum bemerken, ich knalle also meinen Schulrucksack auf die Platte. Manuel sagt, dass er mir zum hundertsten Mal sagt, dass der dort nichts verloren hat und jetzt außerdem voller Mehl ist, dann hält er ihn mir mit langen Zuckerfingern hin und schaut so seltsam drein. Die Rucksackrückseite ist wirklich schneebestäubt. Josef sagt, hey, und ich ignoriere ihn und sehe Papa an: Wo bleibt jetzt meine Qualitätszeit, hä, erklärt mir das wer, die große Quality-Time-Lüge? Er sagt, beruhige dich, gleich gibt es Kaffee und Tarte aux pommes, ganz pompös auf einmal. Und überhaupt, als ob ich Kaffee trinken würde, ich doch nicht. Ich nehme mein Zeug und hänge es dort auf, wo mein Vater, der Pedant, will, dass ich es aufhänge. Manuel fragt Josef, ob er Lust hat, das Schlagobers zu schlagen, wenn er traditionelle Handarbeit so schätzt, und weil ich weiß, dass Josef das wirklich nicht ertragen könnte, seinen Anzug zu beschmutzen, springe ich dazwischen und sage, nichts täte ich lieber. Dann sehe ich den Schneebesen zu, die sich auf Plastik drehen, was ein schmetterndes Hubschraubergeräusch macht, wenn man sich drüber beugt, und die weiße Flüssigkeit spritzt zielsicher über den Rand, Papa sagt, ich soll nicht so eine Sauerei veranstalten, und Manuel sagt, nichts wäre so ausgeprägt wie die Feinmotorik von Schneiderhänden. Höchstens noch Chirurgenhände, Josef lacht, die Sahne ist fertig geschlagen, und ich lecke die Quirle ab, als keiner hinsieht, während Papa den Tisch deckt.

Später wollen sie alle drei ausgehen, und ich lasse sie alleine ziehen. Manuel wirft sich in Schale, so hat man ihn noch nicht gesehen, während Josef sich schon einmal in seinen Wagen zurückzieht, sonst wird dem Chauffeur langweilig, meint er noch. Papa und ich bleiben zurück an zwei Seiten der Kücheninsel. Immer um den Herd, sagt er mit einem Lächeln, das irgendwie flattert: Ich will es mir genauer ansehen, doch es kommt nicht wieder. Ich könnte mir ja in der Zwischenzeit eine Kochsendung genehmigen, schlägt er vor. Immer das Getue um das Essen, sage ich. Biedermeierei. nG

> Bianca:
> Essen: Wenn mich so ein Herr Fotograf dann zum Essen einlädt, das tun sie ja immer gerne, wenn sie sich was versprechen davon, oder mit dem Sportwagen herumfahren, da ist ihnen kein Klischee zu billig, essen kann ich doch nichts, selbst wenn er in letzter Sekunde einen Tisch kriegt in so einem geschmacksirrenden Nobelschuppen, und ich frag ihn im Marmorfoyer angesichts des Empfangsherrn, der uns unterwürfig mitteilt, dass unser Tisch leider noch nicht fertig sei, als würden sie noch an der extra für unser Stilempfinden optimierten Blumendekoration arbeiten, als wäre beim Anliefern einer seltenen afrikanischen Blütenart etwas schiefgegangen, für die die Dekorationsfachleute jetzt noch hektisch Ersatz suchten, ich frag ihn also, wo denn jetzt die nackten Sklaven seien, dabei bin ich die Einzige, die hier nackt ist, und alle wissen es.

15.3.

Schulklos sind überhaupt das Letzte, jetzt, wo die Grasgeschichte Wellen schlägt. Mermaid haben sie mich genannt in der Nebenkabine, habe ich auf WhatsApp gesehen, wer sich da zusammenrottet. Klingt netter, als es gemeint war. Wenn man Nettheit nett findet wenigstens. Glitschig, von wegen Fisch und so. Überhaupt haben Klokabinen was Verschwörerisches. Stellt man sich gleich vor, dass das Wasser aus den Abflüssen quillt und die Kachelböden überschwemmt, bis man jeden Halt verliert, besonders die dort drüben, die schlittern nur so dahin und werden aus dem Haus gespült. Ich natürlich gewartet, bis sie abgezogen sind, wobei das eh ganz egal ist, was zählt ist das, was im Chat steht.

Ps.: So ein Bild einer Frau, die süßlich lächelt, während ihre Finger zärtlich durch die Haare eines abgeschlagenen Männerkopfes fahren, was will uns das sagen? nG

9.3.

Zu früh gefreut: Schneefall, meterhoch, da vergeht einem ja die Lust, sich überhaupt irgendwie anzuziehen, mit den Winterthemen sind wir doch wirklich durch. Die schönsten Matschstiefel, Yeti-Boots und Schalverschlingungen. Eine Schalschlange mit Kunstfellschuhen auf dem Weg zum Gipfel, von wo sie abhebt und sich in hopsende Yetis oder Spaghettimonster verwandelt, je nachdem, wie es ihr gerade passt. nG

> Weisenrat:
> Yogis. Fliegende Yogis.

>> nextGirl:
>> Von mir aus auch Yogitee. Ökomüslivollwerttee. Man weiß nicht, was schlimmer ist.
>>
>> In einem Winter haben sich auch meine Eltern getrennt. Ist gar nicht so schlimm, wie man denkt, höchstens so, als ob du auf einer Eisdecke stehst, und plötzlich kriegt die einen Riss, genau zwischen deinen Beinen. Du stehst mit einem Fuß auf der westlichen Eisscholle und mit dem anderen auf der östlichen, sie driften auseinander, und bald wird dir nichts mehr übrig bleiben, als ins dunkle eiskalte Wasser zu springen. Also, so ist das Gefühl nur am Anfang.

Doch, ich muss zugeben, besonders cool war ich nicht, als Papa mir gesagt hat, dass er einen Freund hat. Ich erinnere mich, dass er es so formuliert hat, doch vielleicht täusche ich mich, manchmal erinnert man sich so oft an etwas, dass es am Schluss nur mehr die Erinnerung ist, an die man sich erinnert. Mama fing an, an den Küchenoberflächen rumzuschrubben, das tut sie sonst nie. Einen Freund? Papa, der am Esstisch saß, sagte, ja, dann verfiel er wieder in Schweigen, so lange, bis Mama sich umdrehte, irgendwas in die Abwasch schleuderte, dass es krachte, und sagte: Schwul ist er auf einmal, dein Herr Vater, da kommt er jetzt drauf!

Das Wort verstand ich sofort. Wirklich verwundert war ich auch nicht, komisch eigentlich. Jedenfalls war Papa weg. Statt seinem über die Müslischüssel gebeugten freundlichen Gesicht ein großes schwarzes Morgenloch am Tisch. Da tat ich etwas, wofür ich damals auch schon zu alt war: Ich sprang auf den Schoß meiner Mutter und hielt sie ganz fest.

Später hat sie gesagt, dass sie sein schlechtes Gewissen nicht mehr ertragen konnte und ihn deshalb rausgeschmissen hat.

6.3.

Und nun der Teaser: Meine Rollrasenidee wird eines von Josefs Highlights! Speed kills, sagt er, wirst sehen, da rutscht uns doch glatt eine Vorabinfo raus für die übernächste Kollektion, ganz zwischen allen Seasons.

Eine Rollrasenrobe der Extraklasse, eine transportable ganz eigene Schäferinnenwiese mit Blumen und Lämmchen drauf, ganz Eskapade, sagt er, so aktuell! So Königinnen und Versailles und Endzeit, wir leben ja in einer Endzeit, das geht alles den Bach runter, unser way of life, Schätzchen, sagt Josef zu Leila, das ist seine rechte Hand, wie sie es nennt. Das Leaken dosieren wir richtig, sagt die. Konsumiert, Kinder, wenn wir nicht mehr konsumieren, dann ist es aus mit uns, Konsum ist Leben, was anderes haben wir nicht, das ist die Rolle für fleißige Meerschweinchen wie uns, und darüber lacht er so ausgiebig, dass ich ratlos zu Leila sehe, doch die telefoniert in einer Ecke. nG

> RettetDenTeebeutel:
> Geschichte wird gemacht!
>
>> nG:
>> Und den ganzen höchst erfreulichen, doch irgendwie auch peinlichen Rattenschwanz an Gratulationspostings behalte ich lieber für mich. Habe jedes Einzelne gelesen und danke höchstpersönlich. Und all die dummen Kommentare zum Thema Deutsche spar ich uns jetzt auch, ein für alle Mal.

1.3.

Motorradoutfits: Was mir gerade noch gefehlt hat. Die ältere Generation (mütterlicherseits) hat anscheinend vor, beim ersten Anzeichen von warmen Winden in Fransenjacke und Nietenhose ins Wochenende zu verschwinden, und das legt doch ziemlich fest.

Mamas Krankenpfleger (den zweiten Ersatzvateranwärter) nenne ich Sebastian. Er ist ganz nett, auch wenn er Deutscher ist und sich über die typisch österreichischen Umständlichkeiten bei der Anerkennung seines Diploms aufregt. Aber, sagt er, wo die Liebe hinfällt, und Mama kichert, dass eine erwachsene Frau so kichern kann, nicht zu fassen. Ich hoffe, ich höre mich nie so an. Langes Gesicht, dunkle Haare, die er ein bisschen zu sehr auswachsen lässt, so Britpop-90er-mäßig, und er will seine „Privatsphäre gewahrt sehen". Kein Klarname, sagt er. Lässt sich machen. Wer glaubt denn noch an Klarnamen? nG

Bianca:
Mittlerweile will mich der Arzt schon nicht mehr sehen. Wenn er doch nicht anders kann, als mich zu begutachten, immer diese Witzchen am Anfang, ja, als ob ich es nicht begreifen würde, dass ich sein fleischgewordenes Unvermögen bin, ein Irrtum, ein Patzer in seinem ansonsten lupenreinen wissenschaftlichen CV. O. K., das vermute ich nur. Immer Terminprobleme. Zu seinem Seelenfrieden kann er auf einen dieser üblichen Zettel verweisen, den ich unterschrieben habe, auf alle Risiken hingewiesen, aufgeklärt und so weiter. Als ob das jemals jemand lesen würde.

Und dann passiert sowas, da frisst das Ding und frisst. Wovon ernährt der Wum sich eigentlich?, frage ich, dumme Frage, ist doch klar. Von Ihrem äh Darminhalt, antwortet der Arzt, und ich sitze vor dem Spiegel und sage: Im Staub sollst du kriechen und Scheiße fressen dein Leben lang. So gesehen ist es wahrscheinlicher, dass sein Kopf in meinem Darm steckt und sein Schwanz in meinem Hals, falls Würmer überhaupt so etwas wie Köpfe haben. Vermutlich nicht.

Das werde ich Eddie erzählen. Oder besser nicht, sonst lässt er mich gar nicht mehr in Ruhe. Das würde seine Suche nach Neuland nur weiter anstacheln. Jedenfalls heißt das, dass der Wurm wiederum seine Exkremente in meinem Magen hinterlässt. Davon müsste ich doch was bemerken. Muss ich das nächste Mal fragen, das wird die

Stimmung gleich auflockern. Ich streichle meinen Bauch noch ein bisschen, die Knie stehen vor, ich habe Knie noch nie schön gefunden. Habe wieder abgenommen, die Masse meines Körpers zieht sich mehr und mehr im Wurm zusammen. Die Substanz konzentriert sich in dieser schmarotzenden Existenz; es ist klar, dass etwas geschehen muss.

Da wäre allerdings die Übelkeit. Wird die etwa ausgelöst durch zu hoch abgesetzte Ausscheidungsprodukte? Nein, da will ich jetzt nicht drüber nachdenken. Ich weigere mich.

26.2.

Irr der Aufwand, der für einen einzigen Augenblick getrieben wird. Aber das ist ja gerade das Spannende. Spannend, sagen sie alle hier, wenn mal wieder aus dem Nichts eine Realität erzeugt wird, fast wie am Bildschirm, eine Realität, die so intensiv ist, dass sie nur für die Dauer eines Auftritts, eines Laufstegrundgangs, eines Bildes hält. Man kann sich fragen, ob das nicht alle Augenblicke haben, das Besondere, wenn man sie genau ansieht, und klar haben sie das, einfach deshalb, weil sie schon wieder vergangen sind, kaum fängt man an, sie sich anzusehen. Wie banal. Es ist zum Heulen!

Durch die ganze Aufregung, die Arbeit, die Anspannung wird ein kurzer Moment, eine Schrittfolge herausgenommen aus der Zeit rundherum, wie eine Stichprobe, und die muss dann perfekt sein: die gilt. Die wird festgehalten, gefilmt, verlinkt und ausgewertet. Die Stimmen werden heiser, die Schweißflecken größer, nicht an den Models natürlich, an denen, die stylen, anziehen, ausziehen, umnähen, wieder anziehen. Josef ist dabei, er kontrolliert alles, überprüft alles selbst. Es riecht nach

Rauch, auch nach Kaffee, die Luft ist irgendwie staubig. Ich mittendrin, manchmal wird es mir zu viel, und ich verziehe mich in die sogenannten bathrooms.

Ich meine, ich bin doch nicht blöd, ich weiß, was ich mir denken muss, wenn da jemand Staub in seine Nase zieht, und das sage ich auch. Oder zumindest verdächtig an der Nase herumfummelt und hochzieht, und dann das weiße Zeug auf der Oberlippe und an der Hand. Ihr werdet es nicht glauben, aber wie sie so dagestanden ist und sich festgehalten hat an der marmornen Waschtischplatte, mit ihrem ausgebeulten Hinterkopf und ihren Krallenschuhen, da schlägt der Unterzucker durch, und mir wird schlecht, so schnell, dass ich gar nicht mehr richtig reagieren kann. Kommt vor, wenn man in zu kurzer Zeit zu schnell wächst.

Ich packe ihren Arm, wo ich sie halt zu fassen kriege, sie stößt mich weg und schreit: Denkst du, ich bin von allen guten Geistern verlassen, und in zwei Sekunden online?
Was?, frage ich, ganz Spucke weg, wo plötzlich diese Aggression herkommt, und schwanke noch ein bisschen.
Na, sagt sie etwas ruhiger, das weiß man doch, dass du alles abfotografierst.
Ich: Nein, es war nur. Sie: Was? Sie wischt den Staub ab, ach das, sagt sie: willst du auch was von meinem Wurmeipulver?
Was?, frage ich.
Und da erzählt sie mir diese ganze Allergiegeschichte.
nG

Bianca:
Hotbed of Lifescience. Menschtierhybrid. Die Wurmschimäre, das bin ich.

20.2.

Hier seht ihr mich in meiner Frühlingshose aus Rollrasen, man muss der Zeit voraus sein. Nix Kunstrasen, das wäre ja wohl keine Kunst. Echter, saftiger Rollrasen. Ganz pur (und ganz schön schwer).

Ist mir einfach so die Idee gekommen, als wir zum Baumarkt gefahren sind, weil die Sehnsucht nach Gartengestaltung bei manchen von uns überhand nimmt; wir haben nämlich einen kleinen Gartenanteil dabei, in so einem Innenstadthinterhof, also mehr eine schlammige Fläche hinter dem Asphaltrechteck, auf dem die Mülltonnen stehen, aber Mama meint, da ließe sich was draus machen. Ob das eine Alterserscheinung bei Frauen ist, frage ich sie, das mit dem Gärtnern, und sie sagt, jetzt reicht es aber. Aber jedenfalls meine ich, dass in unserem Schlammbeet nur noch Rollrasen hilft, und dann sehe ich mir den genauer an, dieses dicke, industrielle, saftige Material, teppichbodenartig, und denke mir, dass das wie ein Pelz ohne Körper drunter ist: Zur Hose war es nur noch ein Schritt, wobei es nicht ganz einfach war, das Zeug an den Beinen zu befestigen.

Ihr wollt jetzt sicher wissen wie, doch das ist Betriebsgeheimnis, © nG

17.2.

Jetzt werde ich wirklich krank, hat sich Mama auch noch einen Krankenpfleger zugelegt. Das hält man ja nicht aus. Zwei Krankenpfleger, zwei Kandidaten für die Ersatzvaterstelle. Wie lange das schon geht, frage ich sie. Also: Mama hat ein paar Tage allein Urlaub gemacht, und da hätte sich was entwickelt, aber sie hätte erst abwarten wollen, wie ernst das wäre, bevor sie mich damit usw.. Und jetzt wäre es eben so weit, ob ich was dagegen hätte. Nein, natürlich nicht, sage ich, denke mir doch in meinem finstersten

Winkel, dass mich nie irgendwer fragt und dass mich die Sache schließlich auch betrifft.

Das führt zu: #Krankenhausgrün. Lässt ja jede Haut bleich aussehen, nicht zum Aushalten. So, als ob man schon einmal im Voraus das Leichenstadium ausprobieren sollte. Warum es dieser spezielle Ton sein muss, frage ich Mama: ob es da weniger auffällt, wenn man grün im Gesicht wird. Sie sagt, ich soll mit diesen blöden Scherzen aufhören. Hat was mit Absorption des Deckenlichts zu tun, glaubt sie, und außerdem muss die OP-Wäsche getrennt gewaschen werden. Ja, aber dann könnte man doch trotzdem einen fröhlicheren Farbton nehmen: Orange. Himmelblau. Sommerwiesenknatschgrün.

Da lobe ich mir die Paläobiologie, da braucht man keine Arbeitskittel, und die untersuchten Lebewesen sind definitiv schon tot. Mein Museumsvater hat mich übrigens auch nicht gefragt, das muss ich zugeben. nG

14.2.

Schon wieder die Liebe, als ob die eine Rechtfertigung für alles wäre. Für das Singen zum Beispiel. Rennt Mama in der Gegend herum und singt den ganzen Tag, obwohl sie das wirklich besser bleiben lassen sollte, und ich frage sie, ob sie das in der Klinik auch tut. Klar, sagt sie. Und was sie singt, frage nicht. Ich meine, sie sollte es doch mittlerweile wirklich besser wissen. Nicht das mit dem Singen, den Rest.

Nein, da kümmern wir uns lieber um Wichtigeres: Skiurlaub und den schädlichen Einfluss von Skihüttenschlagern auf die Verdauung. Als ob das Essen nicht schon schlimm genug wäre, spielen sie dann auch noch die schrecklichsten Compilations in Endlosschleife, dagegen ist selbst Mamas Gesang harmlos. Wobei man sie ja auf der Piste nicht hört, nur hängt sie die ganze Zeit am Smartphone und verschickt Liebeslyrik, zumindest ist das zu befürchten, denn das Strahlen, das sie im Gesicht hat, spricht stark für die verblödende Wirkung. nG

Bianca: Abwarten!

10.2.

Mode ist ein einziges Ändern der Meinung, das sage ich mal einfach so, und für Meinungen gilt ja: Was interessiert mich mein dummes Geschwätz von gestern? Von wem war das noch?

Man muss halt einen eigenen Stil entwickeln, und der muss in sich stimmen, das muss der Anspruch sein. Was fehlt ist also der Leitfaden für konsistente Outfits, und genau den kann ich anbieten: Vergleichen wir also

(a) Hosenbeinlängen und
(b) Taillenhöhen,
(c) Tapetenmuster in
(d) verfeindeten Farben: orange-pink, grün-lila, türkis-gelbbraun:

Das bleibt am Schluss nebeneinander stehen, wenn jede Auswahl in sich logisch ist. Ich habe vor, mir treu zu bleiben, sonst wäre das ja eine komplette Niederlage.

Josef übertrifft sich wieder einmal selbst: das Vogelthema! Kuckuck, sagt er, ich weiß nicht, ob er das komisch findet, aber bei einem Genie ist alles erlaubt, und ich weiß, was das für ein Privileg ist, dabei zuzusehen: Er steckt Biancas Füße höchstpersönlich in diese völlig abgedrehten Flügelschuhe. Jenseits, überirdisch.

Das sichtreubleiben bei ständiger Veränderung ist die Herausforderung. Permanente Neuerfindung des eigenen Outdoor-Avatars, das ist der Punkt: permanent performativ. Und das ist immer frisch. nG

> Bianca:
> Perforativ auch. Und schmerzhaft: zerstückeln und abgehen lassen, sagen sie. Weil sich meine Innereien entzünden. Reagiert das Immunsystem also doch endlich, wenn auch nicht ganz so, wie das beabsichtigt war. Aber eine Abtreibung? Und wenn schon, warum haben sie das eigentlich nicht gleich gemacht?

7.2.

Die Schulpsychologin hat mich genervt, Sätze habe ich vervollständigen sollen:

Ich wünsche mir … Spaghettieis. Was Abartigeres gibt es nicht.
Ich stelle mir oft vor … die Erde würde in die Sonne stürzen. Was sie eines Tages ja definitiv tun wird.
Was mich ärgert … na was wohl: das hier.
Manchmal … würde ich gerne länger schlafen. (Was ich nicht dazu geschrieben habe: Vor allem bei Papa, die stehen oft so früh auf und veranstalten einen Riesenwirbel beim Frühstück, weil: ausgiebig und gesund und sich Zeit nehmen und zelebrieren.)
Ich fühle mich oft … grundlos glücklich. (Zum Ausgleich.)
Andere in meinem Alter … gehen am Wochenende in Shopping-Center. (Da gibt es Leute, die machen nichts anderes. Andere dagegen sehen

anderen beim Shooter-Spielen zu, doch, gibt's auch. Ich bin mehr für Selberspielen.)
Wenn ich etwas gar nicht kann ... da bin ich sprachlos. Ich kann alles, hab ich gedacht.
In der Schule ... da bin ich jetzt besonders sprachlos.
Sport ... Wort. Ort. Fort. Shortly.
Ich denke manchmal ... nichts. Wirklich absolut gar nichts.
Ich leide ... unter Schmerzen. (Also, falls ich welche habe.)

Dann sagt die Psychologin, ich soll die Tage auf einer Skala zwischen 0 und 10 bewerten, wie ein Erdbeben, wie kindisch. Ich natürlich nachgelesen, von 7,5 abwärts gilt man als depressiv. Bin doch nicht blöd und lass mir sowas diagnostizieren. Geb mir also 8 Punkte, eigentlich 9, sage ich zu ihr, aber ein Punkt Abzug wegen der Französischstunde. Diese Französin überschätzt ihr Fach hoffnungslos, aber das tun sie alle. Sollte ich hier nicht rumposaunen. nG

> Weisenrat:
> Wir sind ganz entre nous.

5.2.

Eine Frage, die sich schon länger stellt: Kann man Fehler korrigieren? Oder kann es sein, dass eine einzige falsche Entscheidung, ein Ausrutscher, eine dumme Aktion den Karren gegen die Wand fährt? Ein für alle Mal? Wie eine ungewollte Schwangerschaft, die man erst bemerkt, wenn es fürs Rückgängigmachen (backspace) zu spät ist? Angenommen, du hast jemandem etwas weggenommen, dem du es beim besten Willen nicht mehr zurückgeben kannst, weil er oder sie zum Beispiel in der Zwischenzeit gestorben ist: Lässt sich das dann irgendwie wieder reparieren? nG

Bianca:
Die Wurmabtreibungsidee passt mir gar nicht. Ein bisschen Angst habe ich schon davor, wie das weitergehen kann ohne meinen Kopiloten. Nicht nur karrieretechnisch, denn was das betrifft, habe ich mittlerweile schon eine gewisse kritische Masse erreicht. Es ist auch nicht die Verwandschaft, ich meine, so eine zufällige atomare Ansammlung, die beschlossen hat, jetzt einmal ein Mensch zu sein, verläuft sich doch früher oder später in alle Richtungen und schließt sich Würmern, Seesternen oder Halbleiterbauelementen an.

Dass ich Eddie vor die Tür gesetzt habe nach ein paar unerfreulichen Episoden, bei denen es seinerseits meist darum ging, ein bisschen Frischluft zu schnappen und mich dabei trotzdem warmzuhalten, ist eine andere Geschichte, er bestreitet natürlich, dass es nur wegen meiner Einzigartigkeit, wie er sie nennt, gewesen wäre. Redet von einer tiefen, wahren Liebe, die aber die Leichtigkeit bräuchte. Selten so gelacht. Alles ganz kuschelig und händchenhaltend und freundebleibend, ganz professionell, nur weil meine Bilder einen interessanten Marktwert haben: ausnutzen lasse ich mich wirklich nicht. Auch andere Mütter haben schöne Söhne. Und Töchter auch, vielleicht erweitere ich ja meinen Horizont. Nein, was mich wirklich beunruhigt: Ich habe angefangen, mich an dieses Vieh zu gewöhnen, das da in mir haust und marodiert. Und das kann ja wohl wirklich nicht sein.

1.2.

Kleine private Umfrage: Wer will eigentlich erwachsen werden? Wozu soll das gut sein? Früher oder später muss man sich festlegen lassen auf eine bestimmte Rolle, was weiß ich, Anästhesistin, Astronautin, Modedesigner, und Rollenfachwechsel sind schwierig. Jetzt hingegen noch: alles machbar. Gut, ich werde mir so lange wie möglich alle Optionen offenhalten. Überhaupt die der Astronautin. Auch wenn ich mir das ein wenig einsam vorstelle, so als Arbeitsplatz, und dann immer die Zwangsgemeinschaft mit den anderen Besatzungsmitgliedern, dieser Container, aus dem man nicht und nicht rausgewählt wird. Aber die Aussicht!

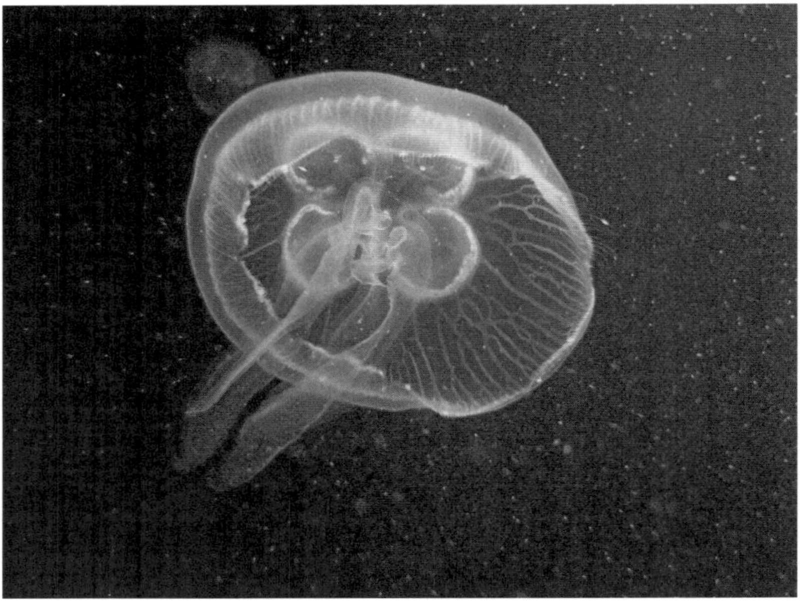

Die Kapsel ein Kopffüßer im All, aus dem heraus du auf die Erde siehst, ein Gefühl kriegst für den Abstand zwischen ihr und dem Mond. Der ist nämlich schon gewaltig. Ein wetterfreier Raum. Das Entsorgen der menschlichen Abfälle: Zahnpastareste, Nagelschnipsel, Ausscheidungen aller Art. Sicher eine spannende Frage, eine typische Erwachsenenfrage, und wer braucht die? Schöner ist doch die Vorstellung, zwischen Mond und Erde zu schweben, in gleichem Abstand vielleicht, und die Meere als Ganzes zu sehen. Die höchsten Berge zu suchen. Die Teilung der Erdoberfläche in Licht- und Schattenseite zu sehen, das Wandern des Saums: zu verstehen, was Nacht eigentlich ist. Ich glaube, das ist die Hauptaufgabe: die Nacht zu begreifen.

Leider bleibt einem dann am Ende nichts anderes übrig, als erwachsen zu werden. Nichts peinlicher als Erwachsene, die so tun, als verstehen sie noch was von uns. So Lehrer, die reinschleimen zum Beispiel. Da sind mir doch die lieber, die klar sagen, dass sie das nicht interessiert, was wir so treiben. Die sich auf Skiwochen nicht in die Disco drängen und statt dessen schön an ihrem Stammtisch sitzenbleiben und Karten spielen oder was auch immer. nG

> Bianca:
> Ich wollte immer erwachsen werden und selbst entscheiden, was ich tue. Habe völlig unterschätzt, was da an Scherereien auf einen zu kommt.

21.1.

Toni, ich nenne den Kollegen mit der freitäglichen Geldtasche einmal so, zieht an meinem Shirt und sagt, ich wäre nicht Fisch nicht Fleisch, weil ich keinen BH trage. Fischig, sagt er, und fragt, ob ich den Witz von der Frau und dem Meer kenne. Jaja, Unterlid heruntergezogen. Er lässt sich nicht bremsen: Geht eine Frau ins Meer, und Gott sagt, Scheiße, jetzt kriege ich den Ge-: Mein Tritt ins Schienbein bringt ihn doch zum Schweigen, abgestoppt und rückgepasst, ich sollte Fußballerin werden.

Eine Manga-Perücke habe ich mir bestellt. Lieber mit ernsthaft verkleideten ausgewachsenen Vertretern dieser Spezies Festivals besuchen als mit so wabbeligen Lebensformen wie halbgaren Nichtmännern in der Straßenbahn fahren. Beim Straßenbahnfahren kann man es sich nicht aussuchen, mit wem man von Station zu Station tingelt, da ist die U-Bahn besser: geht schneller, es sind mehr Leute drin, und überhaupt kann man auf die nächste warten. Man fühlt sich einsamer, obwohl der Menschengeruch festhängt. Noch schlimmer als die Ungewaschenen sind nur noch diejenigen, die irgendwas nach aufgewärmtem Fleisch Riechendes aus dem Fettpapier essen. Auf dem steht dann beispielsweise:

Er war froh darüber, Alice jetzt endlich ruhiger zu sehen, stabilisiert und sicherer in dem, was sie war. Die sanfte kontinuierliche Gegenwart Susannes, das musste er im Rückblick zugeben, hatte Alice jedenfalls über die Trennung hinweggeholfen, das konnte er sich ohne weiteres eingestehen, das war eine Tatsache.

Auch in Zeiten, als sie alles daran gesetzt hatte, die Eltern jede Woche in der Schule antanzen zu lassen. Dabei war er selbst gerade in den Kampf um die Umwandlung seiner befristeten Stelle in eine *definitive* verstrickt gewesen, was ihm schließlich auf Basis einer halben Anstellung gelungen war, die er durch Lehraufträge und Forschungsprojekte ergänzte. Alice hatte regelmäßig Probleme mit anderen Mädchen, zum Beispiel deshalb, weil sie sich lange Zeit geweigert hatte, BHs zu tragen, und ihre Klassenkolleginnen sich solange darüber lustig gemacht hatten, bis sie die BHs der anderen während des Schwimmunterrichts eingesammelt und versucht hatte, sie auf dem Schulhof zu verbrennen. Das Zeug hatte zum Glück nicht Feuer fangen wollen, die *Tops*, wie sie sagte, und Michael hatte nachfragen müssen, was damit gemeint sei. Susanne und er waren auf der Anklagebank des Besprechungszimmers gesessen, und der sogenannte School Counsellor hatte eine Analyse vorgetragen, die sich um Verhaltensauffälligkeit drehte und mangelndem Respekt vor dem Eigentum anderer, woraufhin die Eltern mit Begriffen wie Mobbing und Vermittlung von Sozialkompetenz gekontert hatten und, überrascht von ihrer ungeahnten Einigkeit, einen erheiterten Blick getauscht hatten. Die Anspannung war in sich zusammen gefallen, und selbst der Lehrer hatte sie nicht mehr aufbauen können, ja, hatte er gesagt, hm, dass das nur als Zeichen für eine innerfamiliäre Krise zu verstehen sei. Eine Zeit lang hatte Alice darauf beharrt, sich unter abgelegten Herrenhemden und Hüten zu verschanzen, die sie secondhand erstanden hatte, dann war sie umgeschwenkt und hatte plötzlich grellbunte Hängekleider, überdimensionierte Brillen und altertümliche Handtaschen getragen. Susanne, heilfroh über die Wendung, hatte Alice zu ihm geschickt mit den Worten, er habe intime Kenntnisse der Modeszene, was nun wirklich ein wenig gemein gewesen war.

Eine ganz eigene Community, die Cosplay-Leute, Spiel in Kostümen. Was könnte mir besser gefallen? nG

19.1.

Hier und jetzt plädiere ich für unkorrekte Rauchbilder. Rauchringe, Raucherinnen im Hosenanzug, die die Finger elegant abspreizen, so, wie man das nur mit Zigarette dazwischen machen kann, ohne sieht das ja dumm aus. Aber im öffentlichen Raum (Kunst am Bau): kein Bild mit der Stilsicherheit von Marlene Dietrich weit und breit, und die ist immerhin 90 geworden. Die wusste, wie man das eigene Bild kontrolliert. Und das Ausatmen, auch eine Kunst, von der man nichts zu sehen kriegt. Da spricht man in Rätseln, egal was man sagt, und die Atemspuren (Rauchfahnen) verschwinden auch so im …

Da gab's doch auch die Shisha rauchende Raupe in Königsblau: irgendwie alt, zumindest alt für eine Raupe. Alt und arrogant und rätselhaft, was ja gerne mit Altersweisheit verwechselt wird. Verstehe ich sowieso nicht, warum jemand weise werden soll, nur weil er oder sie älter geworden ist. Als ob die Summe aus angeborener und erworbener Dummheit durchs Abhängen in Klugheit umschlagen könnte. Abhängen kann man aber super hinter Wasserpfeifen, das in jedem Fall. nG

ExterneExpertin:
Die Verharmlosung von Süchten kann aus Jugendschutzgründen nicht gutgeheißen werden!

nextGirl:
Da sagt die Jugend: Sag ich ja!

16.1.

Welt-NICHTS-Tag: Design oder Nichtsein?

Mehr ist da nicht. Was bleibt übrig: Eine Nussschale, die durch die Weltmeere gondelt, ohne dass man weiß, ob die Ölvorräte reichen. Nussöl ist ja die reinste Hirnnahrung, sagte Mama, und die muss es wissen. Nein: Dem Nichts einen ganzen Tag zu widmen, das hat was, dem will ich mich anschließen und

NICHTS anziehen
NICHTS essen
NICHT einmal was riechen
NICHTS denken und vor allem
BLANK

10.1.

Jetzt einmal: das Hochzeitsensemble, der große Baiserabschluss jeder Show.

Es ist ja überall dasselbe. Bloß weil es zwei Männer sind, ist die Stimmung auch nicht besser. Papa hat Manuel vorgeworfen, keine Ahnung zu haben, wie es ist, wenn der Job an einem seidenen Faden hängt. Und Manuel hat ihn einen intellektuellen Spießer genannt, tja, so war das, neulich bei Patchworks. Und dann Versöhnung mit allem Drum und Dran und feierlichem Abendessen. (Mama ist auf Skiurlaub.) Anstoßen darauf, dass Manuels Arbeit so krisensicher ist, weil krank werden die Leute immer. Je länger das geht mit der Wirtschaftskrise, desto mehr werden die Leute krank. Papa hat glucksend gelacht, aber traurig ausgesehen. Er weiß nicht, ob er die Stelle behalten kann. Manuel hat gesagt, Papa könnte ja Hausmann werden, und Papa hat gesagt, er denkt nicht dran, selbst wenn sie heiraten sollten. Heiraten? Das hat mich aber doch umgehauen. Ich meine: Ich habe kein Problem damit, dass Papa einen Mann liebt. Sollen die anderen nur spotten, es waren eh nur zwei, drei aus der Parallelklasse, die üblichen Jahrgangsverdächtigen, und die habe ich schon zum Schweigen gebracht.

Aber eine Hochzeit ist doch irgendwie erst recht spießig. Ich habe sie gefragt, ob dann der eine im schwarzen und der andere im weißen Anzug heiraten würde, und sie: nein, beide gleich, und Papa hat gesagt, in Blumenmuster, und Manuel, in Regenbogenfarben, dann haben sie gemeint, sie würden sich sehr freuen, wenn ich das Styling übernehme. Das mache ich natürlich gerne, obwohl ich nicht verstehe, warum man heiraten muss. Hat das Heiraten meinen Eltern vielleicht irgendwas gebracht außer einer unnötigen Scheidung? nG

6.1.

Noch ein paar Eindrücke von der Neujahrsshow (nach Mitternacht, sehr jung, das Jahr): Polkadotkappen gegen Hypochondrie bei abschmelzenden Polkappen. Papa kennt Josef übrigens von früher, wie sich zeigt, während Mama Silvesterdienst macht, macht sie gerne. Sind die anderen immer froh, sagt sie, wenn sie sich freiwillig meldet für die Feiertage.

Ja, aus München, sagt Papa, flüchtig. Hat uns beide eine Zeit lang dorthin verschlagen, diese Vorliebe für den bayrischen Barock. Im vorigen Jahrtausend war ich auch mal jung, sagt er. Zumindest glaubt er das, sagt er mit einem Lachen, das neu ist. Josefs Einzigartigkeit hätte man schon damals klar erkennen können. Dass böse Zungen naturgemäß über jeden Böses reden, der Erfolg hat, sagt er, ist auch nichts Neues. Was er damit meint? Ach, sagt er, nur so. Allgemein. Unbewiesene – und also auch unbeweisbare! – Plagiatsvorwürfe. Von erfolgloseren Konkurrenten, die glauben, dass sie damit die eigenen Chancen verbessern, pah, sagt er, und Manuel fragt, warum Michael sich so aufregt. Lass mich mich aufregen, sagt Papa, das ist gut für den Kreislauf. Und dass Manuel das schließlich wissen müsste, Manuel steht auf und umarmt ihn von hinten und fragt mich, ob ich das peinlich fände, und ich sage: peinlich? Ich bin's, nextGirl.

4.1.

In Papas Küche habe ich Josefs Bild gesehen. Ausgeschnitten und an die Kühlschranktür geheftet. Was dort sonst noch steht:

Looking Fabulous
(Being bitter: blaming everyone)
Admitting Nothing

Das hat Manuel mit einem kleinen elefantenförmigen Magneten befestigt. Er sagt, das braucht er am Morgen, das muntert ihn auf, wenn er heimkommt nach einer Nachtschicht. Und außerdem mag er Elefanten. Weit hat Papa es gebracht: von der Anästhesistin zum Krankenpfleger. Das Leben wird komplizierter, wenn man erst einmal erwachsen ist. Aber glücklich sind sie wohl. Manchmal denke ich, Manuel sieht Mama fast zu ähnlich. Zum Glück arbeiten sie in verschiedenen Krankenhäusern. Manuel kocht übrigens ziemlich gut, das ist mit ein Grund, warum es so toll ist, bei ihnen zu übernachten. Nein, stimmt natürlich nicht, so würde ich das nicht stehen lassen. Admitting nothing.

Looking fabulous – ja, das tun wir jetzt einmal. Davon gehen wir aus.

Being bitter – klar haben wir alle unsere dunklen Seiten: hochprozentige Schokolade. Ist ja trivial zu erkennen, Chatroompsychologie, dass unter der fabulösen Oberfläche ein Unsicherheitskeim steckt, ein Mensch im

Umbau, der wissen will, wer er ist. Wer sie ist. Ich gebe es zu, euch kann ich es ja sagen: Ich bin nicht perfekt. Wie alle eben.

Blaming everyone: Oh ja, juhu, der beste Teil überhaupt. Immer schön die anderen verantwortlich machen, und die Umstände, das ganz besonders, das Wetter, Erdstrahlen, Mondphasen, Aszendenten und sonstigen Schwachsinn, gegen den man allerdings wenig tun kann. Was die anderen betrifft, die kann man fertigmachen, noch nie getan? Rundumschlag, Meuchelfotos hochgeladen und so weiter, so richtig gemein gewesen, und die Erleichterung, diese kurze unerträgliche Erleichterung bei dem Gefühl, jemanden erledigt zu haben, von dem man denkt, der oder die hat das verdient, ist SCHULD an der blöden Situation, in der man gerade steckt. Herrlich, dauert aber leider nur sehr kurz, die Herrlichkeit, dann sickert schon ein ungutes Schamgefühl durch, wie aus einer Windel, die langsam zu stinken anfängt (fragt nur meine Cousine) und die man nicht mehr länger ignorieren kann, so gut man das auch geübt hat.

Da könne man Sachen erzählen. Angefangen, ganz harmlos: Habe meine Tante bestohlen, als ich auf Lara aufpassen sollte, nur ein bisschen, nur ein paar Euro-Münzen, weil sie immer so knausrig ist. So, jetzt ist es draußen, öffentlich, hier. Nicht mehr zu leugnen. Tut mir sehr leid, liebe Tante. Und das sage ich dann blöderweise zu einer guten Freundin, und was macht die? Eben, am nächsten Tag lauter Hass-Posts, von wegen Diebin. Einer aus meiner Klasse verkündet lauthals, ich hätte Geld aus seiner Tasche gestohlen – so eine lächerliche Freitag-Geldbörse, die er für unglaublich cool hält. Vor hundert Jahren vielleicht. Na, was mache ich: mich rächen, natürlich. Zumindest einen schlappen Versuch, auf den ich im Nachhinein nicht gerade stolz war. Dann hat er sein Geld gefunden, hat sich aber nicht mehr getraut, das zuzugeben, weil er vorher so laut rumgetönt hat. Bis wir da draufgekommen sind und das wieder klären konnten: anstrengend.

Admitting nothing: Bis vorhin jedenfalls. Man könnte auch sagen, dass die ganze Sache mit einem Admitment, oder Commitment, angefangen hat, nämlich damit, dass ich meiner besten Freundin etwas erzählt habe, und dass der Abtausch von Gemeinheiten zu verhindern gewesen wäre, wenn ich mich eben an diese Regel gehalten hätte. Aber ich dachte wohl, so ein Schuldeingeständnis der harmlosen Sorte wäre gut für die Freundschaft. Falsch gedacht. nG

1.1.

Gestern (eigentlich heute) bei einer Silvestershow, Überraschungsparty. Zwar nur Studierende, aber Josefs Meisterklasse, und der Meister, nicht zu fassen, sogar dabei: Beweisfoto folgt. Hat sich gefreut, mich kennenzulernen, wie er sagt, und ich muss sagen, es war sehr fein. Und Bianca, in the flesh, weiß-wie-Schnee, denke ich gleich: rot-wie-Blut. Hier und jetzt.

Ich könnte einen Videoblog machen. Manche kündigen auch ihren Selbstmord an, nur, wen interessiert das schon? Wer will verstehen, worum es geht (und heimlich anfeuern)? Was man halt so vom Schulhof kennt. Die anderen warten darauf, dass man in Tränen ausbricht über den Rattenschwanz an Kommentaren, die der letzte Eintrag nach sich zieht. Haben sie auch allen Grund dazu. Hinter den Bildschirmen dieser Welt sitzen wir, hinter der unsichtbaren, glatten, gläsernen Wand, ohne jemals die Stirn dagegen zu lehnen, wenn es zu heiß wird im Kopf, wir Nerds wie du und ich, allzeit global vernetzt auf der sicheren Seite des Bildschirms: Sicherheit ist langweilig.

Was die Welt hinter der Bildschirmwand betrifft (also das hier), ist noch zu sagen, dass die auch ihre ganz realen Seiten hat, dass all die Clouds,

Skydrives, Blogs und Websites auf ganz realen Serverplatten gespeichert werden müssen. Die brauchen dann Unmengen an Kühlvorrichtungen, Sicherheitsleuten und Geheimhaltung der Standorte. Damit es auch so bleibt: Was einmal im Internet drin ist, geht nicht mehr raus, garantiert washing-proof. nG

27.12.

Vom Ende der Weihnachtspause: Hält man ja im Kopf nicht aus, diese Seitenwechsel, immer ein Zeitstück für Mutter: Vater: Großvater: Großmutter, schön brav aufteilen das Kind, damit auch niemand zu kurz kommt.

Will sich das Kind ein bisschen um Wichtiges kümmern, Aktuelles zur festive season, kommen ungefragt diese Neobondagelingerie-Fotostrecken daher, peinliche Unterwäsche an Models, deren Köpfe fehlen, als ob sie einfach nicht mehr auf die Seite passen würden. Dabei weiß man, dass einer der Körper Rose gehört, die ist gerade das Allerangesagteste, und eigentlich erkennt man sie auch kopflos, so oft gesehen in der letzten Zeit. Die Hälse vom Seitenrand gekappt, der ja durchaus scharf sein kann, hab mich schon ein paarmal geschnitten. Den Finger ausgestreckt, um das Blut tropfen zu sehen. nG

23.12.

Heute streiche ich jeden Kommentar. Was soll man an einem 23. Dezember noch sagen, außer, dass in einem halben Jahr der Sommer beginnt, das ist doch schon mal eine erfreuliche Nachricht. nG

ExterneExpertin:
Ein halbes Jahr minus zwei Tage.

nG:
Eh.

20.12.

Papa sagt, da interessiert sich jemand für mich. Wer das ist, verrate ich euch später, so viel kann ich sagen: Seid gespannt!

Und in der Zwischenzeit die interessantesten Underwateroutfits, gerade sehr angesagt dank der alljährlichen Regenzeit im Vorweihnachtsfrühling: bitte sehr. nG

17.12.

Rot-weiß ist übrigens auch eine großartige Frühlingskombination, Sommervorgeschmack. Braucht man ein anderes Grün dazu, kein Stechpalmendunkelgrün vor roten Weihnachtsmützen mit winterweißem Schneerand, mehr ein frühlingsgrünes Frühlingsgrün. Ein leuchtend helles Gelbgrün, das sich in den Sommer rettet. Ich persönlich hasse den Winter, könnte man ersatzlos streichen, Winterschlaf wär auch nicht schlecht, oder von Oktober bis März nach Australien ziehen, das würde mir überhaupt am besten gefallen.

Hier das Ergebnis meines montäglichen Streetview-Streifzugs. Im Unterschied zu Google Earth frage ich die Leute vorher, ob sie fotografiert werden wollen, die meisten lachen und sagen ja, nicht zu fassen, wie einfach das ist. Sie fragen mich, warum ich mich für ihre Outfits interessiere, freuen sich, na klar. Ich freue mich ja auch, wenn sie mir gratulieren, zu meiner neuesten Kopfbedeckung zum Beispiel. Manchmal kommt man richtig ins Gespräch, wenn jemand so ganz schneesüchtig in Winterweiß und Beerenrot daherkommt etwa, bitte, ich lasse mich ja überzeugen

daswurmt.wordpress.com/tags/herrwurm

und sage höflich: Guten Tag, Herr Wurm!

Ich frage mich, warum Manipulation so eine miese Presse hat, ich glaube nämlich nicht, dass Manipulation für sich genommen schlecht ist. Mode ist nichts als Manipulation; durch Harzungen, Sport, Maniküre und chronisches Hungern können wir die Zugehörigkeit zur richtigen Gruppe sogar am nackten Körper noch beweisen. Und mit Tattoos natürlich. Und dann erwarten, dass alle diese Zeichen auch gesehen werden.

Von uns selbst und anderen, das muss man verlangen dürfen, dass wir uns wenigstens selbst gefallen.

An meine lovely haters: Da hat jemand was abgesondert, was man als nicht geeignet für die Arbeit (nsfw) bezeichnen muss: Frauen kontrollieren, Männer lassen es einfach kommen. Was noch dazu falsch ist. Männer arbeiten genauso intensiv an ihrem Auftritt. Was für ein blöder Ausdruck übrigens, was soll überhaupt suitable for work sein an Blogeinträgen? Ich meine, normalerweise macht man zum Geldverdienen eher was anderes als Posts lesen und seinen Senf dazugeben, außer natürlich, genau das ist die Arbeit, kann ja vorkommen. Vor allem das Lesen. Das wird überhaupt der Wirtschaftszweig der Zukunft, wenn ich drüber nachdenke, alles, wofür man die Ausbildung noch braucht: Interpretieren, was die Scanprogramme täglich an frischem Datensalat auftischen. nG

nG:
Und schon habe ich mich selbst verlinkt (einen Anker falsch abgesetzt). Zum Löschen längst zu spät. Weil meine Tastatur die Finger noch nicht unter Kontrolle hat, muss sie erst lernen, blöde Sache.

Das Recht am eigenen Bild gibt es nicht, nicht nur, wenn man eine öffentliche Figur ist. Ich bin eine öffentliche Figur. Doch dann immerhin: Security, damit das, was unter der Abschirmung hervordringt (das frei flottierende Foto) doch wenigstens ein wenig ausgesucht ist. Leider kann ich mir noch keine security-Schranke leisten, deshalb: Trolle, trollt euch! nG

Bianca:
Hervor quillt: Übelkeit. Die legt sich nicht, und mir wird klar, dass der Wurm sich wieder auf den Weg macht. Schade. Die

Hörner sind mir richtig ans Herz gewachsen. Ich gefalle mir. Zum ersten Mal seit Langem gefalle ich mir selbst. Ich kann vor dem Spiegel sitzen und die Hörner bewundern. Dazu muss ich zwar den Kopf schräg halten, um die ungleiche Höhe der Beulen wettzumachen, doch dann sehe ich eine Widdergottheit mit einem feingliedrigen Frauenkörper und hochmittelalterlichen Brüsten. Ich könnte vor mir selbst auf die Knie fallen und mich anbeten. Um Glück bitten, das Glück zum Beispiel, dass mein Körper endlich fertig ist mit seinem Verpuppungsprozess. Worum würde ich gebeten werden wollen, wenn ich eine mildgestimmte Göttin wäre, die gerne wohltätig in den Alltag von Gläubigen wie mir eingreift, um sich noch ein wenig goldener zu fühlen? Worum gebeten wird: um Glück und Geld. Um Erfolg. Habe ich alles. Ich habe Geld, und wenn das, worin ich schwimme, nicht der Erfolg ist, was ist es dann? Ich gehe in die Knie und muss leider feststellen, dass die Widdergöttin (der goldene Leithammel) ebenso die Knie beugt. Worum bittet sie? Oder kann man auch beten, ohne zu bitten? Zu wem sie betet, ist ja wohl klar: zu mir. Und ich erhöre großzügig ihre Bitten, ist ja das Mindeste, was ich tun kann. Eddie kommt vorbei und denkt, ich hätte mich für ihn ausgezogen. Dabei habe ich ihm sein Zeug schon hingestellt, links neben die Tür! Er lächelt, und auf seiner grauen Haut leuchtet ein einziger weißer Bartstoppel. Nein, er ist blond, wie ich bei genauerer Begutachtung feststelle. Strohblond.

Ich frage mich, welche Farbe er mittlerweile haben wird, mein Wurm. Hat der Magensaft mit der Haut reagiert, wer weiß, und das Ende ist gebräunt? Die Hülle musste sich schließlich monatelang gegen Säureangriffe zur Wehr setzen, das erfordert eine gewisse Zähigkeit, und wenn nicht angeboren – was heißt hier angeboren, beim Schlüpfen mitgenommen, das Ding ist ja aus einem Ei geschlüpft, das ich höchstpersönlich verschluckt habe –, so doch erworben. Wie eine Immunantwort, und mit der Frage danach hat schließlich alles angefangen.

13.12.

Frauen, sagt meine Mutter, sollten endlich aufhören, so krampfhaft ihr Bild kontrollieren zu wollen. Sure, Mama. Macht doch Spaß. Sie lacht nur, überhaupt ist sie sehr gut aufgelegt in letzter Zeit, wirst schon noch sehen, dass das irgendwann kein Spaß mehr ist. Mir doch egal: Kontrollieren wir jetzt einmal fröhlich unser Bild. Styling ist das ultimative Tool dafür. Ultimativ, wo das schon wieder herkommt: von den äußersten Grenzen der Wahrnehmung? Dem Rand der bekannten Welt? Und das ist kein Tellerrand, über den man blicken sollte. Man könnte runterfallen.

Auf dem Teller das Schlaraffenland, das Erdbeerland, Erdbeeren bis zum Abwinken, bis man Ausschläge kriegt, Erdbeeren mit Schlagobersbergen, und das zu Weihnachten, uns bleibt immer noch Spanien, sind ja auch die Weihnachtswichtelfarben, immer schön rot und weiß, Spitzbergen am Rand der bekannten Welt. Erdbeeren und Schlagobers sind füreinander rausgemendelt worden: der Gipfel der Evolution, der Mensch hat nur erfunden werden müssen, um das Fette von der Milch abzuschöpfen und irgendetwas zum Aufschäumen aufzutreiben, zur Erzeugung von Schneebergen, nein Sahnebergen selbstverständlich, um dieses ultimative Bild purer, frischer Schönheit zu erzeugen: rotglänzende Beerenstücke in einem Meer von weißem Schaum.

Und neben dem polarweißen Schaummeer ein Leuchtturm, in dem

Leuchtturm ein Leuchtturmwärter inklusive Leuchtturmwärterkappe, und was für eine Kappe trägt ein Leuchtturmwärter am Ende der Welt? Keine Arbeiterkappe, keine revolutionäre, eine mit Flügeln und moosigen Fellhaaren auf der Innenseite vielleicht? Übrigens gibt es am Polarkreis keine Leuchttürme, wovor sollten die warnen? Jedem Eisberg sein eigener Leuchtturm? Vielleicht begrüßt er aber auch die Außerirdischen, die mit den extraterrestrischen Partikeln des Sonnensturms an den Polen des Erdmagnetfeldes hereinwehen. Ihr wisst schon, diese Teilchen, die auf YouTube immer so schöne grüne Polarlichtschlieren ziehen, ein einziges komplementärfarbiges Erdbeersahnenachbild. In Wirklichkeit gar nicht so bunt. Alles photogeshopt, gephotoshopt. Wie sagt man? nG

Bianca:
CGIed.

nG:
Ja, jetzt habe ich es: Die Außerirdischen werden vom moosmützenbeflügelten Leuchtturmwärter am Schlagobersberg in einem Sahnemeer, wo die Erdbeeren jagen, zu einem herzhaft glühenden Polarlichtpunsch eingeladen. Das ist das schönste Ende der Welt, das ich mir denken kann. Die Moosmütze: unser Accessoire zum Weltenende, nächstens.

07.12.

Darum soll es hier gehen: Wer bin ich und wie zeige ich das der Welt? Wie gestalte ich mein Image? Eine Schritt-für-Schritt-Anleitung zum zuhause Selbermachen. Sofortige Wirkung garantiert!

1. Wer bin ich?

Von außen nach innen, vom Nächstliegenden zum Allernächsten: Gummistiefel mit Blumenmuster. Jeans. Ja, ich trage Jeans. Und dieses unglaubliche Hemd, dessen Karomuster die Blumenfarbe aufgreift. Karo vs. Blumen. Innen drin im Allerinnersten: die, die diesen Blog schreibt, die mit den komischen Hüten und den seltsamen Einfällen. Allerdings:

2. Woher weiß ich das?

Diese Frage ist wiederum zu unterteilen in

(a) woher weiß ich, dass ich ich bin? und
(b) woher weiß ich, wie ich bin?

(a) ist einfach nicht beantwortbar. Eine meiner ältesten Erinnerungen ist die, dass ich mich fragte, warum dieses Ding, das Ich sagt, eigentlich in meinem Kopf ist und nicht, sagen wir, in dem meine Spielplatzfreundin. Die Antwort auf (b) kann jeden Tag anders lauten, und das versuchen wir hier, sonst wird's ja langweilig.

3. Warum will ich, dass die anderen das auch erfahren?

Ehrlich: keine Ahnung. Selbstbestätigung? Grundsteinlegung für spätere Karrieren? Weil das Aussehen einiges mit der finanziellen Einordnung zu tun hat?

4. Oder will ich das am Ende gar nicht, will ich womöglich nur, dass die anderen etwas in mir sehen, das ich vorher festlege?

5. Wie bringe ich die anderen dazu, das in mir zu sehen, von dem

ich will, dass sie es in mir sehen? Styling, ist alles nichts als Styling. Selbstbild vs. Fremdbild. Gibt es das überhaupt, Fremdbild?

6. Und wer sind überhaupt die anderen?

nextGirl

03.12.

Ich setze mich in das Café unter der Museumskuppel und frage mich mal wieder, warum die damals den Durchbruch so klein gemacht haben, das kreisförmige Loch in der Mitte, von dem aus man in die Eingangshalle sieht: verschenkte Gelegenheit, nimmt dem Raum die Wirkung. Manchmal treffe ich mich hier mit meinem Vater. Er lässt mich warten, ich sehe mir das komische Video mit Bianca an, und was sieht man drauf? Den Raum, in dem ich jetzt sitze, so ein Zufall. Ich hätte es gern hier hochgeladen, aber der Zugang funktioniert nicht mehr, Server abgestürzt, Zugangsberechtigung expired, was weiß ich:

Wurmloch verstopft.

Ich kann es euch also nur beschreiben: Die Fläche leergeräumt, keine Caféhaustische mehr, das schwarzweiß eingelegte Muster des Fußbodens kommt endlich zur Geltung. In der Raummitte hängt eine riesige durchsichtige Kugel, wassergefüllt. Gefilmt wird von oben, von dem schmalen Vorsprung unter der Kuppel aus, dem Balkon, der um diesen Himmel herumführt und den man von unten nur erkennt, wenn man weiß, dass er existiert, doch ich weiß das schon lange. Die Person hinter der Kamera grüßt die Techniker, die am Aufhängungskabelwerk arbeiten. Ein Stimmengemurmel, das in die Höhe steigt. Was wird hier angebetet?

Zoom durch das Gitter auf dieses #HybridModel, Bianca, iBianca, an der ein paar Leute herumarbeiten. Nicht an den Hörnern, die hat sie schon, und die sind ziemlich komisch. Nein, die Haare werden ihr gemacht, eher ein Haarknäuel. Klar übrigens, dass jetzt die Achselhaare wieder kommen, hat ja sein müssen. Und ich glaube, der Haarkünstler beschwert sich, dass das hier lausige Arbeitsbedingungen sind und er keinen Platz hat.

Dann Chaos, und was dann passiert, glaubt ihr mir doch nicht, weiß auch nicht, wie man das nennen soll: Wurmauswurf. Entwindung. Hättet ihr sehen müssen. Dann rutscht die Kamera durch die Gitterstäbe, taumelt und knallt auf den Boden, ohne zu zerbrechen, wie es aussieht, das Auge zum Himmel. nG

> Bianca:
> I, Bianca: Wurmfortsätze hat man früher bedenkenlos entfernt. Mittlerweile ist klar, dass der Blinddarm doch eine Funktion hat: irgendwas mit dem Immunsystem. Hätten die sich aber denken können, dass nichts umsonst wächst, wäre ja von der Energiebilanz her der reinste Wahnsinn.
>
>> nextGirl:
>> Der Netzwerkdetektor öffnet die Hintertür, der Rest ist Wurmfortsatz, sagt euer NextGirlInTown.

#Wurmfortsatz

25.11.

Schreibt mir doch WirdGleichGesperrt, ich soll nicht so patzig sein. Ist es schon wieder mit mir durchgegangen? Nicht die Möglichkeit. Habe ich gar nicht bemerkt. Muss demnächst noch dreizehn werden, schreibt das dem Alter zu. Im Ernst: Irgendwer muss die Dinge ja beim Namen nennen. Wer tut es denn sonst, wenn wir es nicht tun?

Morgen gehe ich ins Museum, das klingt schon so verstaubt, ich sage: Je verstaubter, desto besser, und ich werde ein paar wunderbare neue Themen aufspüren und euch brühwarm servieren. Und dass in der Straßenbahn schon wieder jemand ein Foto von mir gemacht hat, obwohl ich gesagt habe, nein, ich will das nicht, ist nicht das Thema. Ich kann mich wehren. Aber das führt jetzt zu weit. nG

MuseumsVater:

Er hatte Schlimmes befürchtet, nun, schlimm war zu viel gesagt; er hatte kein gutes Gefühl gehabt, als Alice gesagt hatte, sie wolle diesmal aber ganz undercover dabei sein, dabei wusste er nicht einmal selbst, wie er Josef entgegentreten sollte nach der Sache. Doch das Museumsevent hatte nun einmal eine gewisse Eigendynamik entwickelt, da konnte man auf Befindlichkeiten keine Rücksicht nehmen. Er blickte wieder einmal in kahles Geäst, das ein unterkühlter Regen vor Kurzem in eine Eisskulptur verwandelt hatte, und fragte sich, was er tun sollte, ob und wie er eingreifen könnte, barg doch jedes Handeln von vornherein das Risiko, der Tochter das Gefühl zu geben, sie würde in ihrer Eigenständigkeit eingeschränkt. Jedenfalls nahm er an, dass sie wieder auf der Balustrade unter der Kuppel sitzen würde, da saß sie gerne, auf dem Vorsprung, über dem die Schriftzüge *Anthropologie Ethnographie Geologie Mineralogie Astronomie Paläontologie Zoologie Botanik* den Kuppelraum ringförmig umgaben: eine viktorianische Vollständigkeit der Welterfassung, einschließlich der Vermessung minderer Lebensformen.

Michael betrat das Rondeau darunter im Windschatten eines der Kellner, die ganz berufsfremd mit dem Entfernen des Kaffeehausmobiliars beschäftigt waren. Tatsächlich war die Marmorbodenfläche bereits weitgehend leergeräumt und glänzend, härter, fand Michael, keine ziselierten Sitzgruppen störten das Bild. Von oben kamen Stahlseile, irgendwo in den äußeren Gehäuseschichten der Kuppelkonstruktion verankert. In einem feinen Netz hing eine riesige wassergefüllte Glaskugel. Wohl eher aus Plexiglas – was für ein altertümlicher Ausdruck, bei dem er sich da ertappte –, auf Basis irgendeiner Hightech-Verbindung, durfte man annehmen. An der Takelage waren Techniker zugange, ein Stimmengemurmel, das gebetsgleich in die Höhe stieg, geschluckt von ungerührten Stuckaturen.

Er folgte den Stimmen, und tatsächlich entdeckte er eine kauernde Gestalt, die Alice hätte sein können, eine Gestalt, die sich hinter einem Tablet verschanzte, mit dem sie wohl das Geschehen gegenüber filmte, gegenüber – er musste sich ein wenig aus der Deckung wagen, um zu sehen, was vor sich ging: – ein Model, das geschmückt wurde, nicht mit Hörnern, die hatte sie schon, sie sahen eigenartig fleischig aus. Die Haare wurden ihr gemacht, ein Haarbausch, der das Gleichgewicht auf ihrem Kopf wieder einigermaßen herstellte. Es klang, als ob sich der Haarkünstler beschwerte, der schmale Steg sei kein adäquater Ort zum Arbeiten.

In dem Moment sah er Josef, der die Hauptstiege hinaufgestürmt kam, den Raum einnahm, wo ist sie denn?, rief. Josef, klein, schmal und herrisch wie eh und je, und nur wenig zogen sich Michaels Eingeweide zusammen. Kurzgeschoren, so dass der Kopf fast kahl wirkte, die furchige Haut des Hinterkopfs wie ein Nussgehäuse, und Michael wunderte sich, dass ihm das noch nicht früher aufgefallen war.

Als sich das Model in ihren Schuppenanzug gezwängt hatte, in einem umgekehrten Häutungsvorgang – man müsste die Szene aufnehmen, dachte Michael, und die Bildsequenz im Rücklauf ansehen –, als man ihr eine Maske über Nase und Augen gestülpt hatte, die die Züge seltsam verzerrte, glitt sie ganz elegant in ihr überdimensionales Fischglas. Plötzlich Geschrei auf der Balustrade, jemand hatte seine Tochter entdeckt, stürzte auf Alice zu, die allerdings mitfilmte, was sonst, und Michael dachte, dass er sie beschützen müsste.

Das Kind retten. Doch er konnte nur in die Raummitte laufen und die Arme ausstrecken, als wollte er sie auffangen oder vielmehr ihr stellvertretend beim Fliegen helfen, damit sie unbeschadet herabschweben konnte, eine Geste, die ihm selbst lachhaft hilflos erschien. So ließ er die Hände wieder sinken, dunkel spürte er, dass Josef neben ihn getreten war. Das dauerte auch, bis man oben um die Balustrade herumgerannt war, und dazu noch all das Zeug, das im Weg stand und dem man ausweichen musste. Alice ließ sich nicht stören, sie filmte weiter das Model, das in ihrer Fruchtblase schwebte. Auf einmal tat sich Unerhörtes mit der Fischfrau, auch der Mann blieb stehen und starrte. Der Menschenfischleib explodierte, so sah das aus, der Bauch schwoll und zog sich zusammen, der ganze Körper krampfte, der Mund wurde aufgerissen und erbrach eine dunkle Substanz, stoßweise, und dieses Dunkle begann sich bandartig zu winden, dann half die Fischfrau nach und zog und zog, als hätte sie ein Wollknäuel verschluckt, und schließlich löste sich das Ding ganz von ihr und schwamm davon, so weit es eben ging. Alice stand da mit offenem Mund, so hatte er sie seit frühen Kindertagen nicht mehr gesehen, dann rutschte ihr das Aufnahmegerät aus den Händen, glitt durch das Gitter, taumelte ein paarmal gegen Kugelaußenfläche und Wand, schrammte haarscharf an Josefs Kopf vorbei, knallte zu Boden und blieb liegen, das Display mit dem eingefrorenen Gesicht des Models zum Himmel gerichtet.

Es stimmt also nicht, dachte Michael, dass die Dinge immer auf die Butterseite fallen. Der Mund auf dem Touchscreen lächelte jedenfalls auffallend zufrieden.

22.11.

Weil derzeit die Feste dichter fallen: Spaghettiträger.

Muss ich mich leider entschieden dagegen aussprechen. Entweder ganz oder gar nicht, diese Schnur, die wetzt und dann bei erster Gelegenheit über die Schultern rutscht, ist wirklich das Letzte, so ein Zerbrechlichkeitsaccessoire. Fast so antiquiert wie Fliegen am Gummiband. Träger müssen was aushalten, nicht nur Datenträger.

Das wäre mal einen extra Beitrag wert: USB-Sticks. Ich zeige euch mein Lieblingsstück (Legostein) und ihr zeigt mir eures? Gibt ja keine Form, die's nicht gibt:

Form Unfollows Function

Fast wie bei den Spaghettiträgern. Und auf so einen winzigen Fake von Urne oder U-Boot oder Vorhängeschloss passt dann eine ganze Kollektion von Herbstoutfits, die man dann zufällig ein wenig zu früh unters Volk kommen lassen kann, damit die Sache ein bisschen Spaß macht. nG

NeuUndFrisch:
Bus-USB!

19.11.

Heute ein kurzes Nachdenken über Hunde. Hunde werden ja in fürchterlich mitmenschenquälender Weise als Accessoire eingesetzt, also ehrlich, wie sieht denn das aus: Seid ihr euch selbst nicht genug? Dann gibt es auch noch diese Handtasche in Hundeform (siehe unten), was man da alles mit sich mitschleift, von der Frau, die aus der Hauskatze eine Tasche gemacht hat, reden wir gar nicht erst, sonst werden hier noch alle hysterisch.

Danke übrigens allen für die ermutigenden Kommentare! Und dann noch Bianca, @hybridbianca, bist du denn die Bianca, von der wir reden? fragt das allerneueste Mädchen.

Bianca:
Ganz sicher bin ich das.

nG:
Beweise! Oder plattformkonform: Identifikation?

Bianca:
Ich bin mir selbst völlig genug, reicht das?

nG:
Ein Anfang.

Bianca:
Meine Gegenwart bestimme immer noch ich.

Selbst wenn ich dafür ein besserwisserisches, arrogantes nextGirl erfinden habe müssen. Aber das fällt hier nicht weiter auf, so sind doch alle am Ende.

Die bloggt dann ausgerechnet über Mode! Wer glaubt denn sowas. War aber effizient. Als Eddie mir nämlich von der Sache mit dem Bilddiebstahl erzählte, wusste ich, dass das nicht der letzte Stand (Status) sein konnte. Bei Weitem nicht das Ende der Geschichte. Und Josef hat unser garantiert allerneuestes Mädchen glatt geschluckt wie Honig.
Die Sache kommt also in Fahrt.

nG:
Da kann ja jede kommen. Und jeder. Aus einer anderen Repräsentationsform kann sich schon mal so ein Bandwurm herauswinden, ein Textavatar, und der häutet sich gerne.

Bianca:
Der Rest ist: Second Skin.

nG:
Da sage ich: Guten Tag, Herr Wurm, und gute Nacht!

18.11.

Die ultimative Hybridexistenz ist dieser Zwischenzustand zwischen Kind und Erwachsener. Ich weiß, dass ich kein Kind mehr bin, aber die anderen müssen das erst lernen. Vor allem die eigene Familie, die behandelt einen ja ewig wie ein Kleinkind. Hast du auch den Schal genommen? Du wirst mir sonst noch krank, sagt Mama, wenn ich schon in der Tür stehe, und ich wundere mich, was das heißen soll, dass ich IHR krank werde. Ihr zuliebe krank werden? Warum nicht?

Kann ja auch einmal ganz nett sein, überhaupt bei den Außenkonditionen. Im Bett sitzen und ein bisschen meine Lieblingsgames auskundschaften, mal aus einem neuen Blickpunkt, eine neue Skin, Haut anziehen, zum Beispiel mit Hufen, Hörnern und Halsgehängen: HHH. Oder eine, die sich permanent verwandelt. Was wirklich Abartiges, nicht mehr so porenglatte Animefiguren, die sind sowas von gestern. Muss man nur aufpassen, dass die neue Skin dann nicht zu unabhängig wird.

Das fängt schon damit an, dass sie einen Namen haben will. Ich will nur spielen. Ohne mitzufilmen und zu kommentieren, wie so viele, die reden dann von zweischneidigen Schwertern, die helfen Munition zu sparen, während man zusehen kann, wie mit irgendeinem Virus infizierte Nebenfiguren ganz am Bildschirmrand so einfach hingerichtet werden, und müssen das mal so sagen, dass das zur Sicherheit der Allgemeinheit wohl nötig wäre.

Spielen ohne Spielverderberei, ganz klar. nextGirl

> Bianca:
> Ja, und dann macht diese Biancafigur auf einmal Geschichten, die so im Plot nicht vorgesehen sind. Taucht ein, steigt durch und aus,

weil ihr die eigene Form (die Repräsentanz) nicht mehr gefällt. So kann es gehen.

15.11.

Next Girl in Town. Da bin ich, ganz neu und frisch ultimativ. Warum? Ihr werdet sehen. Ich frage mich, wer ich bin und wer ich werden könnte. Das ist ja wohl die Frage, die uns alle umtreibt.

Hier ein paar Lieblingsoutfits. Ich kann nämlich werden, was ich will. Weil es hier um Bilder geht, nichts als Bilder, braucht man einen Spiegel. Das ist meiner:

Spiegeltest. Umstülpung der Realität. Es sieht ja so aus, als ob im Spiegel links und rechts vertauscht würde, das stimmt aber nicht. Oben und unten wird ja auch nicht vertauscht, warum also sollten die Seiten vertauscht werden? Fragen über Fragen.

Sich im Spiegel zu erkennen ist angeblich der Nachweis für irgendwas, Entwicklungsstufen, Intelligenzquotienten oder so. Den Spiegeltest bestehen Menschenaffen, Schweine und Kinder, die Kinder ab dem 6. Lebensmonat. Bei Delphinen und Pottwalen tut man sich schwer mit dem Anbringen von Markierungspunkten, die für den Test nötig sind: das Spiegelstadium, aus dem ich wohl nie hinauswachsen werde. Hoffentlich. Wer will sich schon vorstellen, derart zu verblöden, dass man das eigene Spiegelbild nicht mehr identifizieren kann.

Was im Spiegel wirklich passiert: Er greift in die Wirklichkeit hinein, packt sie am äußersten Ende (dem Fluchtpunkt) und zieht den dann aus dem Bild heraus: eine Umstülpung des Raums, eine genaue Verkehrung der Bildebenen, dass das Hinterste zuvorderst ist.

Das ist alles. nextGirl.

11.11

Das ist kein Blog. Das oder der ist überhaupt die Frage.
Muss man sich bei allem festlegen?

Dank

Mein Dank gilt all jenen, die mich bei Recherche und Motivsuche so großzügig unterstützt haben. Sehr herzlich danken möchte ich:

Margit Berner, Anthropologin und wissenschaftliche Mitarbeiterin am Naturhistorischen Museum Wien, die mich während des mehrjährigen Entstehungsprozesses dieses Buches immer wieder geduldig beriet, nicht nur in Sachen der „sensiblen Sammlungen", und die mir auch abgelegenere Teile ihrer Arbeitsstätte zeigte;

Karin Wiltschke-Schrotta, ebenfalls wissenschaftliche Mitarbeiterin am NHM Wien, für die spontane Einführung in die Forschung an Skelettfunden;

Cordula Reyer, Model und Autorin, für erhellende Einblicke in die Modewelt und Nachsicht mit meiner Unkenntnis derselben;

Silke Maier-Gamauf, bildende Künstlerin, für die „Skulls" und die Entdeckung des „Being Bitter …" auf einem Kühlschrank in Chicago;

Beatrix Feher, Designerin des Labels camou, für das Bild der Engelstasche;

Lisa Rastl, Fotografin, die im Doppelspiegelbild den Wurm endlich das Licht der Welt erblicken ließ.

Olga Flor

dasistkeinblog.com
Passwort: Zeitumkehrinvarianz

Bildnachweis

Der Verlag hat sich bemüht, für alle Abbildungen, die nicht von der Autorin sind, die Rechte einzuholen. Wo dies nicht gelungen ist, bitten wir eventuelle Rechteinhaber, mit dem Verlag Kontakt aufzunehmen.
Nicht ausgewiesene Abbildungen sind Fotos der Autorin.

S. 6: Naturhistorisches Museum Wien, Foto der Autorin (FdA)
S. 19, 20 und 21: Studienzentrum Naturkunde des Universalmuseums Joanneum, FdA
S. 23: Naturhistorisches Museum Wien, Fotos der Autorin
S. 31: Camou
S. 32: Anthopleura Xanthogrammica, Stan Shebs, Vancouver Aquarium, Wikimedia Commons
S. 35: Doppelpendel, Klaus Brockmeier
S. 41: Glasmodell einer Qualle, Naturhistorisches Museum Wien, FdA
S. 46: Schädel eines Homotherium Crenatidens, Paläozoologisches Museum China, Captmondo, Wikimedia Commons
S. 48: Skulls, Silke Maier-Gamauf
S. 59: Cuddly Flying Spaghetti Monster, Nadine Herding, Wikimedia Commons
S. 62 und 154: Damaged document, Icon made by Freepik, www.flaticon.com
S. 71: Guy Fawkes Mask, rarelee.com
S. 76: Engelskopf links, Quelle: Internet
S. 83: Gorgo Medusa, 120 n. Chr.?, Römisch-Germanisches Museum Köln, Foto der Autorin
S. 87: Romanesco Brassica oleracea, Richard Bratz, Wikimedia Commons
S. 100: Rasta Bone, Hundespielzeug, Puppy&Prince, www.puppyundprince.de
S. 104: Himmelsscheibe von Nebra, Landesmuseum für Vorgeschichte in Halle
S. 106, links: Julia Pastrana, Lithografie von Vinzenz Katzler, Wikimedia Commons
S. 106, rechts: Julia Pastrana, vor 1860, Wikimedia Commons
S. 107: Porträt der Tognina Gonsalvus (Consalez) von Lavinia Fontana (1552–1614), Wikimedia Commons
S. 108: Schwarzwälder Bollenhut, www.kaiserstuhl.eu
S. 112: Portrait of a Turkey, Woodwalker, Wikimedia Commons

S. 113: Ma gouvernante, Meret Oppenheim 1936, Moderna Museet Stockholm, FdA

S. 115: Lisa Rastl

S. 124: Würmer, Ohio State University, ohio-state.edu

S. 125: Haus des Meeres, Wien, FdA

S. 127: Naturhistorisches Museum Wien, FdA

S. 146: Christian Fischbacher, 3-Kammer-Kissen, Gänsedaune, www.g-nacht.ch

S. 155: Maske, Römisch-Germanisches Museum Köln, Foto der Autorin

S. 162 und Covermotiv: Glasmodell einer Qualle, Naturhistorisches Museum Wien, FdA

S. 182: Ohrenqualle, BS Thurner Hof, Wikimedia Commons

S. 186: Ingrid Flor

S. 194: Reproduktion einer Eiskarte, Museum Moderner Kunst Frankfurt, FdA

S. 202: Präparat eines Oktopus im Naturhistorisches Museum Wien, FdA